KB071704

감사와 행복과 삶

저   자 박승모

저작권자 박승모

1판 1쇄 발행 2020년 12월 31일

발 행 처 하움출판사
발 행 인 문현광
편   집 조다영
주   소 전라북도 군산시 수송로 315 하움출판사
I S B N 979-11-6440-734-7

홈페이지 http://haum.kr/
이 메 일 haum1000@naver.com

좋은 책을 만들겠습니다.
하움출판사는 독자 여러분의 의견에 항상 귀 기울이고 있습니다.

· 값은 표지에 있습니다.
· 파본은 구입처에서 교환해 드립니다.
· 이 책은 저작권법에 따라 보호받는 저작물이므로 무단전재와 무단복제를 금지하며,
   이 책 내용의 전부 또는 일부를 이용하려면 반드시 저작권자와 하움출판사의 서면동의를 받아야 합니다.

감사와 행복과 삶

펜데믹(Pandemic) 시대의 50대 가장이

다섯 자녀에게 매일 쓰는

감사와 행복과 삶의 간절한 이야기

Thanks and Happy and life

에필로그

강원도에서 영월에서 10살까지 살다가 서울로 송파구 거여동에 겨울의 12월 말에 이사 왔다. 서울의 생활은 불행이 시작되었다. 초등학교 4학년 때 오른쪽 팔을 크게 사고를 당했고 작은형이 나의 중학교 1학년 때에 밤나무에서 떨어져 척추를 다쳐 평생 걸을 수 없게 됐습니다. 아버지도 서울에서 노동일을 병을 얻어 내가 중학교 3학년 졸업 때 돌아가셨다. 어머니는 교통회사 청소부 직업으로 5명의 자녀를 양육하게 되었습니다. 나는 고등학교부터 돈과 학업을 병행하는 삶이 없습니다. 한양공업고등학교부터 동서울대학교 서울과기대, 숭실대학교 석사졸업 후 박사과정까지 주간에 일하고 야간에 공부하는 삶이 그때부터 시작된 것이었다.

중학생부터 거여동에서 신앙생활을 시작하였으며 현재는 남포교회에서 30년 정도 믿음생활을 했습니다. 교회를 다녔다는 것이 어울릴 것 같습니다. 고등학교 생활부터 돈과 학업을 병행하니 하루가 25시간이 되었으면 하고 바라는 적이 많이 있었습니다.

나는 고등학생부터 돈을 벌어야 성공해야 한다는 생각에 "성공을 위해서는 인내가 필요하다." 모든 책에 적어놓고 매일 되새기며 열심히 살려고 하였습니다. 하지만 어머니로부터 "마음 편히 사는 것이 좋은 것"이라고 저의 삶에 영향을 주어서 학교와 직장생활에서는 성실함은 일등 하겠다는 마음가짐으로 지금까지 살아왔고 앞으로도 그 마음은 변함이 없이 지킬 것 같습니다.

2020년 지금 대학생 2명 고등학생 1명 초등학교 2명의 아버지로 오늘을 살아가고 있습니다. 고등학생 때부터 사장이 되어 돈을 많이 벌어서 부자가 되는 것이 소원이었기에 삶의 일과는 생각과 행동은 소원을 이루는 과정이라고 생각하여 모든 일에 대하는 태도는 성실과 최선이라는 단어로 살아왔습니다. 삶에 언제나 벽은 언제나 존재했지만 나는 벽을 보지 않고 하늘을 바라보며 살았기에 오늘을 버티며 견딜 수 있었던 것 같습니다.

지금까지 살아온 것에 부끄럽고 후회하는 순간도 많이 있었지만 그래도 어렵고 힘든 삶에 희망과 소망 가지고 있었으며 하나님이 찾아오셔서 동행함에 감사의 삶이었습니다.

대유행 시대에 50대 가장으로 일에서 은퇴할 시기와 자녀의 양육에 대한 염려와 두려움과 불안감을 가지고 살아가는 삶이지만, 아버지로 삶에 진정한 가치와 행복에 대하여 글로 전달하게 되었습니다.

삶에 참 주인 하나님이 함께하면 어렵고 힘든 고난의 길이 삶에 진정한 행복은 감사로 시작되는 것을 알았으며, 어떠한 형편과 상황이나 조건이 행복의 척도가 아니라 삶에 간섭하고 동행하는 하나님이 행복의 척도이며 항상 삶에 동행하기를 원하고 바라고 기도합니다.

이글을 통해서 범유행 시대에 부모의 자녀를 사랑하는 간절한 마음을 담았습니다.

하나님은 자녀로 삼아 주셔서 항상 인도와 동행해 주시지만, 부모는 자녀에게 떠날 수밖에 없는 삶이기에 자녀가 좀 더 행복하길 바람을 매일 기도하며 작성하게 되었습니다.

박승모

1966년 강원도 영월에서 출생, 한양공업고등학교 서울과기대, 숭실대학교 석사, 박사과정 수료 후 소기업을 운영하고 있으며 암울한 펜데믹 시대에 부모로서 자녀에게 삶에 감사와 행복과 삶에 대하여 간절함을 매일 아침 작성한 마음을 전달한 글입니다.

조현숙

영남대 미술대학 서양학과 졸업후 예술융합 지도사 미술 심리지도자 다중지능 상담사, 영재놀이 지도자, 포크아트 지도자, 장미작가회 회원, 미술학원을 운영하며 삶의 풍족함을 위해 오늘도 살아간다.

박시헌

한영외국어 고등학교를 졸업 후 ArtCenter (Pasadena, CA)에서 미술을 전공으로 학업 중에 있으며 자신과 세계 경쟁자들과 치열하게 오늘의 삶을 살고 있다.

참고 설교 및 문헌

나는 요즘 인터넷의 도움이 없었다면 이 글을 쓰는 것이 불가능했을 것입니다. 남포교회에서 30년 동안 신앙으로 5자녀의 아버지로 삶을 허락하신 하나님께 영광을 돌립니다. 성경책, 남포교회 박영선목사 분당우리교회_이찬수목사 한성교회_도원욱목사 금요성령집회 만나교회_김병삼목사 선한목자교회_유기성목사 꿈의교회_이학중목사 청파교회_김기석목사 주님의교회_前이재철목사, 이용규선교사, 사랑의교회_故옥한흠목사 아주대학교_김경일교수 체인지그라운드 신박사tv, 책데이트, 테크심리학, PRINCIPES_RAY DALIO, 원인과결과 법칙, 경영.경제.인생_ 윤석철 다시보는 5만년 역사, 사장을 위한 MBA 필독서, 죽은 CRM과 살아있는 CRM. 대유행병의시대, 긍정적으로 생각하라, 나는 왜 네 말이 힘들까. 성격을 팝니다. 등에서 영감을 얻었습니다. 인생에서 감사, 행복, 삶을 갈망하고 오늘을 최선을 삶을 다하는 삶을 살아가는 이와 함께 나누고 싶습니다.

삶이란

네 자리를 지켜라. 네가 할 수 있는 것을 하는 것입니다.

지혜롭고 방탕하지 말고 세월을 아끼며 어리석은 자가 되지 말라는 것이며 주의 뜻이 무엇인지 이해하고 시간과 공간 속에서 각자의 현실을 살아내는 것이며 기회를 놓치지 않는 것입니다. 말로 하지 말고 자기 몸으로 살아가는 것입니다.

삶은 과장도 하고 헛다리도 짚고 넘어지기도 합니다. 그것이 인생입니다. 그것들을 통해 배웁니다. 그렇게 우리를 채워 가십니다.

너희 인생이 기회인 것을 기억해라, 잘 살아라, 져도 된다. 잘못해도 된다. 그러나 그것 하나하나 제대로 마음에 담아라, 생각 없이 지나가지 마라, 깨어라, 깨어 있어라, 생각하고 있어라.

우리가 겪는 현실, 지금 우리의 모든 조건은 하나님이 일을 이루시는 방법입니다. 하나님의 지혜이고 능력입니다. 우리가 모자라고 부족하다고 자책만 할 일이 아닙니다. 그 상황이 하나님이 일이 이루어지는 구체적인 현장입니다.

환난은 인내를 만듭니다. 인내는 견디는 것입니다. 시간이 연장된다는 뜻입니다. 환난은 경험을 만듭니다. 즉, 인내는 '경험'이라는 뜻을 가진 단어입니다. 내가 누구인가. 세상이 무엇인가, 하나님이 누구신가에 대한 경험을 갖게 됩니다.

고난은 하나님이 우리로 완성의 자리에 이르게 하시는 하나님의 방법으로서 신적 지혜와 진정성이 담긴 그분의 구체적인 개입입니다.

출처   박영선 목사<인생> 남포교회 출판부

감사란

행복은 배우는 것이며 알아가는 것입니다. 상황이나 조건이 문제가 아니라, 바라보는 시각과 태도의 문제입니다. 당신이 생각할 수 있고 숨 쉬고 있다면 기본 조건은 갖춘 것입니다. 매일의 삶의 시작과 끝이 감사로 이루어질 때 광야나 긴 터널을 때에 감사가 더욱 소중하며 은혜임을 알게 되고 과거보다는 좀 더 행복한 현재를 살게 합니다.

감사가 나를 살렸다. 가장 힘든 지금, 감사가 가장 필요한 순간이다.

오늘 미리 드리는 감사가 내일의 기적을 가져다주는 능력이 된다. 감사는 상황이 문제가 아니다.

감사는 누구나 알지만 아무나 할 수 있는 것이 아니다. 형편에 달린 문제도 아니다.

주신 것을 감사로 받는 것, 감사할 것이 없는 상황 속에서도 감사하는 것은 능력이며, 결단이며 태도다. 성경은 범사에 감사하라고 명령한다. 의지를 갖추고 감사를 선택하고 훈련해야 한다.

감사가 습관이자 태도가 될 때 우리는 어제보다 오늘이 더 행복하고 의미 있게 살 수 있는 것이다.

언제나 감사하라
감사는 선언하고 표현하는 것이고 감탄하고 자족하며 감사를 선택하라.

더 깊이 감사하라
얕은 감사. 깊은 감사. 당신이 나의 감사. 두 가지 시선, 평생 감사.

그럼에도 감사하라
내 영혼이 내 속에서 피곤할 때에 감사하라, 광야에서 감사하라. 오히려 감사하는 말을 하라. 마지막 때에 감사하라.

감사의 시작은 은혜이다.

감사는 표현으로 완성되는 것입니다.

감사는 구체적으로 감사를 표현하는 것이다.

감사는 풍요로운 것에서가 아니라 적은 가운데 감사를 선택했기 때문에 감사할 수 있는 것이다.

감사는 훈련이다. 수많은 연단을 거치고, 수많은 아픔을 거치며 넘어지고 깨지면서 습득되는 것이 감사다.

감사는 능력이다. 감사는 조건이 아니라 구현이며 능력이 된다. 주신 은혜에 대한 감사로 시작합니다.

감사는 내용이 아니라 태도이다.

감사는 앎에서 풍성할 수 있는 것이다. 열심과 꾸준함이 필요하다.

감사는 결단이 아니라 습관이다. 몸부림쳐서 만드는 것이다.

감사는 마음이 아니라 입으로 표현할 때 온전한 감사가 된다.

감사는 일상의 소소한 것들에 대한 감탄으로 시작된다.

감사는 환경을 지배당하는 것을 뛰어 넘어있다.

감사는 훈련이며 선택의 문제이다.

감사는 앎에서 시작되며 배우고 익히는 것은 깊이와 넓이가 다른 것이다.

감사는 성향이고, 태도다. 그리고 훈련이다. 노력과 몸부림이 있을 때 더욱 풍성해진다.

출처   이찬수 목사 <감사> 규장각

축복을 받아 감사하시나요?
감사해서 축복을 받으셨나요?

하나님을 기억하는 자가 감사합니다. 감사가 무엇일까요? 축복이 무엇일까요? 이 두 가지는 공통점이 있습니다. 그것은 자신이 가진 것으로 하는 것이 아니라 자신이 고백함으로 소유하는 것이라는 점입니다. 그런데 이 고백은 하나님과의 관계와 아주 밀접하게 연관되어 있습니다. 왜냐하면, 감사와 축복을 통해 하나님께서 영광을 받으시기 때문입니다.

필립 얀시의 책 [하나님, 제게 왜 이러세요?]에 나오는 짤막한 글을 인용합니다.

> "내가 인생의 지극히 작은 것들까지도 모두 '선물'이라는 것을 기억하도록, 그리고 그 선물을 제대로 사용하는 방법이 '감사'라는 것을 기억하도록 나를 도와주십시오."

은혜를 아는 자만이 자신을 인정하고, 적극적인 삶을 살아갑니다.

> "나의 나 된 것이 하나님의 은혜요"

감사는 고난 중에 드리는 것이요, 고통을 당해본 자만이 진실한 감사를 드릴 수 있다는 것입니다. 또한, 감사는 하나님을 생각하는 자만이 드리는 것이라는 사실을 말입니다.

어리석은 자는 감사를 모르고 은혜를 모르는 사람입니다. 가장 어리석은 사람은 하나님의 뜻을 거스르는 사람입니다.

오늘 여러분의 모습을 보십시오. 늙을 때는 멋지게 늙어야 합니다.

오늘 여러분이 어려운 때를 지나가고 있다면 열심히 노력해야 할 때입니다.

오늘 여러분이 많은 축복을 가지고 있다면 나누어야 할 때입니다.

감사란 바로 깨달음에서 오는 것이요, 겸손함에서 오는 것이요, 믿음에서 오는 것입니다.

여러분의 신앙 성숙은 얼마나 감사하는 삶을 사느냐에 달렸습니다.

늘 긍정적인 면을 보려고 해야 합니다.

다른 사람의 수고를 칭찬하는 훈련을 해야 합니다.

다른 사람의 잘난 것을 기뻐할 수 있는 마음을 가지도록 노력해야 합니다.

출처　김병삼 목사<만나교회> 2014년 11월 16일 설교

범사에 감사하는 은혜

> 범사에 감사하라 이것이 그리스도 예수 안에서 너희를 향하신 하나님의 뜻이니라.
>
> 데살로니가전서 5 : 18

감사를 많이 하는 사람은 그렇지 못한 사람보다 훨씬 건강하고 행복하다고 한다. 감사 지수와 행복 지수가 높다. 그래서 인간 행복을 논하는 어느 책에서도 "그대의 마음속에 감사하는 생각이 없으면 그대는 파멸의 노를 젓고 있는 사람이다. 부디 다른 공부보다는 먼저 감사하는 공부를 배우라" 라고 말했다.

그만큼 감사는 우리의 삶을 윤택하고 행복하게 하는데 필수적인 요소라는 것이다. 하지만 솔직히 우리 인간은 감사에 약하다. 감사하기를 싫어한다. 도스토옙스키는 "인간은 감사할 줄 모르는 두 발 가진 동물이다."라고도 했다.

어떤 형편이든, 어떤 일이든, 어떤 사건이든 감사하라는 말씀이다.

- 감사에는 마음이 담겨야 한다.
- 궁극적인 감사의 대상은 하나님이다.
- 감사의 마음을 표현하는 예물을 들고 나오는 것이다.
- 좋은 일에 감사하는 삶이다.
- 나쁜 일에도 감사할 수 있는 삶이다.
- 당연한 것처럼 여기는 것에도 감사하는 삶이다.
- 하나님 손에서 우리가 받지 않은 것은 아무것도 없다. 우리는 모든 것을 하나님으로부터 받았기에 감사의 삶이다.

출처　故옥한흠 목사<사랑의 교회> 2002년 11월 10일 설교

감사가 넘치는 삶

그리스도의 평강이 너희 마음을 주장하게 하라 너희는 평강을 위하여 한 몸으로 부르심을 받았나니 너희는 또한 감사하는 자가 되라. 그리스도의 말씀이 너희 속에 풍성히 거하여 모든 지혜로 피차 가르치며 권면하고 시와 찬송과 신령한 노래를 부르며 감사하는 마음으로 하나님을 찬양하고 또 무엇을 하든지 말에나, 일에나 다 주 예수의 이름으로 하고 그를 힘입어 하나님 아버지께 감사하라.

골로새서 3 : 15-17절

감사는 하나님이 우리를 축복하시는 통로가 됩니다.

감사의 마음을 품고 있는 것도 중요하지만, 밖으로 감사함을 표현하는 것은 또 다른 차원인 것 같습니다. 매일 부어 주시기는 은혜를 감사하며 기록하지 않고 지났기 때문입니다.

폭포 밑에는 쏟아지는 폭포수를 맞아도 아무 그릇이 없었다면 시간이 지나가면 아무것도 남지 않는 것과 같습니다. 하나님의 은혜가 폭포수 같이 부어지지만 늘 은혜가 부족하게 느껴지는 것은 담아내는 그릇이 없기 때문입니다.

감사는 은혜이며 알고 기억하는 것입니다.

출처   유기성 목사<선한목자교회> 2020년 11월 10일 칼럼

감사에 대한 성경 구절

시편 1 : 3

그는 시냇가에 심은 나무가 철을 따라 열매를 맺으며 그 잎사귀가 마르지 아니함 같으니 그가 하는 모든 일이 다 형통하리로다.

시편 23 : 1-2

여호와는 나의 목자시니 내게 부족함이 없으리로다 그가 나를 푸른 풀밭에 누이시며 쉴만한 물가로 인도하시는 도다.

시편 44 : 8

우리가 종일 하나님을 자랑하였나이다. 우리는 하나님의 이름에 영원히 감사 하리이다.

시편 50 : 23

감사로 제사를 드리는 자가 나를 영화롭게 하나니, 그의 행위를 옳게 하는 자에게 내가 하나님의 구원을 보이리라

시편 100 : 4

감사함으로 그 문에 들어가며 찬송함으로 그 궁정에 들어가서 그에게 감사하며 그 이름을 송축할찌어다.

시편 100 : 5

여호와는 선하시니 그의 인자하심이 영원하고 그의 성실하심이 대대에 이르리로다.

시편 105 : 1

여호와께 감사하고 그의 이름을 불러 아뢰며 그가 하는 일을 만민 중에 알게 할지어다.

시편 136 : 1

여호와께 감사하라 그는 선하시며 그 인자하심이 영원함이로다.

시편 136 : 15

바로와 그 군대를 홍해에 엎드러뜨리신 이에게 감사하라 그 인자하심이 영원함이로다.

시편 136 : 25

모든 육체에게 먹을 것을 주신 이에게 감사하라 그 인자하심이 영원함이로다.

시편 136 : 26

하늘의 하나님께 감사하라 그의 인자하심이 영원함이로다.

시편 147 : 7

감사함으로 여호와께 노래하며 수금으로 하나님께 찬양할지어다.

마태복음 11 : 25

그때에 예수께서 대답하여 가라사대 천지의 주재이신 아버지여 이것을 지혜롭고 슬기 있는 자들에게는 숨기시고 어린아이들에는 나타내심을 감사하나이다.

로마서 6 : 17 -18

하나님께 감사하리로다 너희가 본래 죄의 종이더니 너희에게 전하여 준바 교훈의 본을 마음으로 순종하여 죄에서 해방되어 의에게 종이 되었느니라.

로마서 14 : 6

날을 중히 여기는 자도 주를 위하여 중히 여기고 먹는 자도 주를 위하여 먹으니 이는 하나님께 감사함이요 먹지 않는 자도 주를 위하여 먹지 아니하며 하나님께 감사하느니라.

고린도전서 10 : 30

만일 내가 감사함으로 참여하면 어찌하여 내가 감사하는 것에 대하여 비방을 받으리요..

고린도후서 9 : 15

말할 수 없는 그의 은사로 말미암아 하나님께 감사하노라.

에베소서 5 : 2

범사에 우리 주 예수 그리스도의 이름으로 항상 아버지 하나님께 감사하며

에베소서 5 : 4

누추함과 어리석은 말이나 희롱의 말이 마땅치 아니하니 오히려 감사하는 말을 하라

에베소서 5 : 20-21

범사에 우리 주 예수 그리스도의 이름으로 항상 아버지 하나님께 감사하며 그리스도를 경외함으로 피차 복종하라.

빌립보서 4 : 5-7

아무것도 염려하지 말고 다만 모든 일에 기도와 간구로 너희 구할 것을 감사함으로 하나님께 아뢰라 그리하면 모든 지각에 뛰어난 하나님의 평강이 그리스도 예수 안에서 너희 마음과 생각을 지키시리라.

골로새서 2 : 6-7

그러므로 너희가 그리스도 예수를 주로 받았으니 그 안에서 행하되 그 안에 뿌리를 박으며 세움을 입어 교훈을 받은 대로 믿음에 굳게 서서 감사함을 넘치게 하라.

골로세서 3 : 15

그리스도의 평강이 너희 마음을 주장하게 하라 평강을 위하여 너희가 한 몸으로 부르심을 받았나니 또한 너희는 감사하는 자가 되라.

골로세서 3 : 16-17

그리스도의 말씀이 너희 속에 풍성히 거하여 모든 지혜로 피차 가르치며 권면하고 시와 찬송과 신령한 노래를 부르며 감사하는 마음으로 하나님을 찬양하고 또 무엇을 하든지 말에나 일에나 다 주예수의 이름으로 하고 그를 힘입어 하나님 아버지께 감사하라.

골로세서 4 : 2

기도를 계속하고 기도에 감사함으로 깨어 있으라.

골로세서 3 : 15

그리스도의 평강이 너희 마음을 주장하게 하라 너희는 평강을 위하여 한몸으로 부르심을 받았나니 너희는 또한 감사하는 자가 되라.

데살로니가전서 2 : 13

이러므로 우리가 하나님께 쉬지 않고 감사함은 너희가 우리에게 들은바 하나님의 말씀을 받을 때에 사람의 말로 아니하고 하나님의 말씀으로 받음이니 진실로 그러하다 이 말씀이 또한 너희 믿는 자 속에서 역사하느니라.

데살로니가전서 5 : 18

항상 기뻐하라 쉬지 말고 기도하라 범사에 감사
하라 이는 그리스도 예수 안에서 너희를 향하신
하나님의 뜻이니라

데살로니가후서 1 : 3

형제들아 우리가 너희를 위하여 항상 하나님께 감
사할찌니 이것이 당연함은 너희 믿음이 더욱 자라
고 너희가 다 각기 서로 사랑함이 풍성함이며

데살로니가후서 2 : 13

주의 사랑하시는 형제들아 우리가 항상 너희를
위하여 마땅히 하나님께 감사할 것은 하나님이
처음부터 너희를 택하사 성령의 거룩하게 하심
과 진리를 믿음으로 구원을 얻게 하심이니.

이사야 51 : 3

대저 나 여호와가 시온을 위로하되 그 모든 황
폐한 곳을 위로하여 그 광야로 에덴 같고 그 사
막으로 여호와의 동산 같게 하였나니 그 가운데
기뻐함과 즐거워함과 감사함과 칭화하는 소리가
있으리라

역대상 29 : 13

우리 하나님이여 이제 우리가 주께 감사하오며
주의 영화로운 이름을 찬양하나이다.

디모데전서 4 : 4

하나님께서 지으신 모든 것이 선하매 감사함으
로 받으며 버릴 것이 없나니

요한계시록 7 : 12

찬송과 영광과 지혜와 감사와 존귀와 권능과 힘
이 우리 하나님께 세세토록 있을지어다.

역대상 23 : 30

아침과 저녁마다 서서 여호와께 감사하고 찬송
하며

행복에 대한 성경 구절

시편 1 : 1

행복한 사람은 나쁜 사람들의 꼬임에 따라가지
않으며

시편 16 : 2

주님을 떠나서는 어디에도 나의 행복이 없습니다.

시편 32 : 1

죄를 용서받고 잘못을 용서받은 사람은 행복한
사람입니다.

시편 32 : 2

여호와께서 죄를 묻지 않는 사람과 그 마음에 거
짓이 없는 사람은 행복한 사람입니다.

시편 33 : 12

여호와를 자기 하나님으로 모신 나라는 행복한
나라입니다.

시편 40 : 4

여호와를 굳게 믿는 사람은 행복한 사람입니다.

시편 41 : 1

연약한 사람들을 돌보는 사람은 행복한 사람입
니다. 어려움이 닥칠 때에 여호와께서 그 사람을
건져 주십니다.

시편 84 : 4

주의 집에 사는 사람들은 행복합니다. 그들이 주
를 영원히 찬송할 것입니다. 셀라

시편 84 : 5

주께로 부터 힘을 얻는 사람은 행복합니다.

시편 84 : 2

만군의 여호와여 주를 의지하는 사람은 행복합
니다.

시편 89 : 15

오 여호와여 주를 찬양하며 사는 사람은 행복합
니다.

시편 94 : 12

여호와여 주의 교훈을 받는 자는 행복한 사람입
니다. 주의 법으로 가르침을 받는 자는 행복한
사람입니다.

시편 112 : 1

여호와를 두려워하는 사람은 행복한 사람입니다.

이사야 30 : 18

누구든지 주의 도우심을 기다리는 사람은 행복
하다.

신명기 33 : 29

'이스라엘이여 너는 행복한 사람이로다. 여호와
의 구원을 너 같이 얻은 백성이 누구냐 그는 너
를 돕는 방패시오 네 영광의 칼이시로다. 네 대
적이 네게 복종하리니 네가 그들의 높은 곳을 밟
으리로다' 아멘

감사노트

Date   .   .   .

Today's Thanks 5가지

Today's Prayer 3번

Today's Thanks 5가지

Today's Prayer 3번

차례

행복

행복은 그냥 주어지는 것이 아닙니다.
목적지를 향해 가는 과정에서
주어진 삶에 감사할 때
주어지는 선물입니다.

받는 사람은 순간 행복하지만
주는 사람이 더욱 행복한 것은
준비하는 과정에 더 많은 시간이 들어서
행복하기 때문입니다.

눈에 보이는 것은 순간이지만
마음과 몸으로 느끼는 것은
엄마 품을 기억하는 것과 같이
평생입니다.

그냥 무의미하게 지나가는 많은 것들
공기, 물, 자연, 사람 등
나를 이루고 있는 모든 것들
요즘은 더욱 소중하게 느낍니다.

우리는 행복하기 위해서는
거창한 목표보다는
지금 내 주위에서 사랑할 수 있는 것을
소중히 대하고 할 수 있는 것을 실천합니다.

멀리 있는 것이 아니라
어떤 것이 가치가 있는지 어떻게 할 것인지
결정하고 실행하는 것은
자신에게 달린 것입니다.

나 아닌 다른 누구도
대신의 삶은 없기에
스스로 계획하고 실행하며
바라는 대로 살기 위해 오늘을 살아갑니다.

우리는 삶은
70억 인구 중에
똑같이 생각하고 똑같은 환경에 놓인
삶은 없습니다.

무엇을 해야 할지를
스스로 선택하고
그 길을 책임지고
걸어갑니다.

가보지 않은 그 길은 누구에게나
두려움과 떨림이 미래이지만
걱정하는 시간에 지금 할 수 있는 것을
작은 것 하나라도 실천하는 것이 행복입니다.

행복과 동행

주님
하나님의 자녀로
살아가는 것이
행복입니다.

오늘도
어려움과 괴로움 가운데
기도할 수 있는 것이
하나님 선물입니다.

세상에서는
포기할 수밖에 없는 현실에서
믿음의 선물을 받은 자로
감사하게 하소서

하나님의
자녀로 살면서
자유를 얻을 수 있는 것
이것이 행복입니다.

세상에서
알 수 없는 선물은
하나님의 자녀로
살아가는 행복입니다.

나의 눈에
주의 눈물이 맺게 하시고
나의 입술의 찬양이
주께 향하게 하시고

하나님의 사랑과
영원히 동행하며
축복하신 삶을 살게 하소서

행복과 감정

마음에서 일어나는 것은
나의 시야에 노출된 것이며
인식의 크기나 깊이는
사람에 따라 다릅니다.

세상 변화 속도는
감정이나 행동이 접촉 강도는
삶의 새로운 정서로
우리에서 나로 고독합니다.

생각과 감정은
노출 크기의 유한에서
가상 공간의 무한으로
변화무쌍하게 한없이 달려갑니다.

과거가 속박이라면
현재와 미래는 해방으로 보람찬 삶은
오감이 없는 공간에서
참 행복이란 만족할 수 있을까?

기술 발전은
감정을 표현하는 방법이나 방식을
과거의 단순에서 더 복잡하고
감정을 전달하는 변수가 무한으로 생성되고

자아도취가 점점 커져
타인과 소통은 부담감으로 다가와서
안정이나 만족은
생각과 함께 순식간에 변화됩니다.

끊임없이 자극받고
끊임없이 관여하고
끊임없이 연결하고
변화에 에너지를 99% 사용하고
행복은 1%를 얻을 수 있을까?

삶은 순간이고 죽음은
자신이 결정하는 것이 아닌 것을 인식할 때
삶은 인간다움의
행복했어요, 수고했어요, 안아줄게요.

행복의 길

행복은
내면이 완벽하게
만족한 상태입니다.

행복은
소유이거나 결핍이 아니므로
언제든지 발생합니다.

행복은
본능적인 욕구나
순간 만족이 아닙니다.

행복은
아름다움과 조화, 순수함이
마음의 바탕입니다.

행복은
자아를 뛰어넘어
고결함과 희생으로 표현합니다.

행복은
감사와 감격이 있는
삶으로 살아갑니다.

행복은
감사와 은혜의 삶을
전해주는 것입니다.

행복은
오늘 주어진 삶이
최선을 다해 열심히 살아갑니다.

행복은
입술의 말보다는
마음속 깊은 감사로 시작합니다.

생명 있음에 감사하며
은혜받은 자로서 최선을 다해
오늘의 삶을 감당해
나아가길 기도합니다.

행복과 격려

모든 생명체는
시작이 있으면
끝도 당연히 있습니다.

모든 삶이란
시작부터 끝까지
생존이라는 개념에서 시작됩니다.

모든 생명체가
숙주이거나 공생하는 것이지만
인간에게만 신이 준 축복은
감동하는 삶입니다.

인간이 모든 생명체에서
가장 위에 있는 것은 감동하는 삶이
과거에서 현재까지 이어지고 있기 때문입니다.

인간의 역사는
칭찬보다는 격려의 삶이
행복으로 가는 길입니다.

결과물에 대한 칭찬보다는
격려로 진행하는 과정을
응원합니다.

격려는 누구나 가보지 않은 길에 대한
모든 주어진 상황에서
두려움에서 기쁨을 향해 달려가는
용기를 줍니다.

비교는
갈등과 불안을 만들고
염려하게 만들어
삶에 아무런 도움이 되지 않아
무익합니다.

우리의 삶은
늘 기쁨과 행복이 넘치며
감사가 평생의 소원이 됩니다.

생명 있음에 감사드리며
은혜받은 자로서 최선을 다해
오늘의 삶을 감당해
나아가길 기도합니다.

행복과 결혼

창조주가 창조하실 때
세상에 존재하는 티클 하나도
의미 없이 창조하신 것이
없다고 이야기했는데

과거의 나는
태어나면서부터 시작된
먹고 입고 이루고 있는 모든 것이
우연히 그냥 다가온 것으로 알았는데

현재의 나는
그냥 존재하지 않고
누군가의 아버지 어머니 자녀로
이 땅을 살아가고 있는 것만으로도

삶은
창조주가 인간에게만 주어진 선물을
도둑이 훔쳐 가는 것에 대한
두려움과 불안감에 숨겨놓고 지키고만 있는지

지금까지 결혼은
보고 느끼고 만질 수 있는 것이 많았지만
미래의 결혼은 가상공간에서
순간 만들어지고 금방 사라지는데

세상은 추억을 떠올리는 순간에
미래는 저만치 눈에 보이지 않을 정도로
미련을 생각할 순간도 주지 않고 달려가는데
혼자라는 고독의 무게는 얼마나 무거운지

숨을 쉬고 있다는 것은
공기와 결혼하여 도움을 받고 있기에
세상의 존재하는 것은 모든 것은
혼자가 아닌 우리로만이 생명력이 있습니다.

무엇인가와 결혼하여
도움받는 것이 삶이기에
우선 시작이 감사하는
첫 번째 이유입니다.

생명 있음에 감사드리며
은혜받은 자로서 최선을 다해
오늘의 삶을 감당해
나아가길 기도합니다.

행복과 고난

삶이란
불안전에서 시작하고
마지막 순간까지 완전하지 못하기에
고난은 당연히 영원한 친구입니다.

친구가 나에게 도움을 줄 것인지
나에게 해를 입힐지는
친구가 아니라
내가 결정하는 것입니다.

인생을 살아가면서
사람은 누구도 미래를 예측만 하지
결정은 창조주의 권한이라는 것을
믿는 것이 믿음입니다.

삶과 죽음을 자신이 결정하는 것이 아니라
창조주가 결정한다는 믿음에서 출발할 때
불안이나 고난 넘어 볼 수 있고
감사에서 파괴가 아닌 생명이 시작됩니다.

고난의 벽이 사방을 둘러싸여 있을 때
벽만 보지 말고 하늘을 보라고 하십니다.
고난은 마지막이 아니라
새로운 시작을 알려주는 것입니다.

벽만 보면서
낙담하고 불안해서 죽기보다는
시선을 하늘로 돌려서
새로운 삶을 설계하고 결정해야 합니다.

고난을 싫어하고
행복을 원하는 것이 인간이지만
진정한 행복은 고난을 통해서만
볼 수 있습니다.

고난에 속한 단어는
낙망, 우울, 불안, 고통, 두려움을 뛰어넘어
믿음, 감사, 행복, 소망, 사랑, 희망,
기쁨으로 친구를 대하는 것입니다.

생명 있음에 감사드리며
은혜받은 자로서 최선을 다해
오늘의 삶을 감당해
나아가길 기도합니다.

행복과 과학

세계에서 가장 행복 지수가
낮은 나라는 우리나라입니다.
가장 높은 나라는
아프리카의 나이지리아라고 합니다.

세계에서 가장 적은
수면 시간을 가지고 있는 나라 중 하나가
우리나라입니다.

일반적인 기준에서는
물질적인 풍족을 행복이라고 표현합니다.

세계를 이끌어가는 민족 리더로
이스라엘은 가장 적은 숫자로
영향력이 가장 큽니다.

이스라엘 민족은
2천 년 동안 집이 없는
떠돌이 생활이었지만 살아남기 위한
생존 지혜가 정신과 몸에 이어집니다.

현재 과학 기술은
인간의 영역에서 신의 영역으로
모든 것을 급속도로 변화시켜
미래를 예측할 수 없는 시대가 도래합니다.

세상은 뛰어난 사람들에 의하여 변화되고 있지만
보통 사람이 더 많이 세상에 살고 있습니다.
그런데 미래에는 과학 기술이
보통 사람들이 하는 모든 일을 대처합니다.

미래에서는 지식, 기술, 정보를 지혜로
변경할 수 있는 사람이
세상의 많은 것을
소유하는 세상이 된다고 하지만

미래에 나와 자손들은 행복할 수 있을까?
행복은 불안에서 안정으로 가는 것이라고 했는데
사람에게 진정한 행복은
인정해 주고 인정받는 삶으로
서로 부족한 부분을 채워주면서 살아가는 것입니다.

생명 있음에 감사드리며
은혜받은 자로서 최선을 다해
오늘의 삶을 감당해
나아가길 기도합니다.

행복과 관계

삶이란
관계로 이루어진 변화입니다.

관계한다는 것은
나와 너에게서 우리로
성립되는 것입니다.

변화는 생명이며
삶의 역사는 존재이지만
정지는 사라짐입니다.

추운 겨울을 이겨낼 수 있는 건
따뜻한 봄의 햇살과 같은
소망이 있기 때문입니다.

관계로 인하여
행복이나 불행으로
선택을 강요하는 것이 삶입니다.

삶의 시작과 끝을 정하는 것은
신의 영역이지만
인생을 나의 선택으로
결정할 수 있는 것이 축복입니다.

사랑한다는 이름으로
판단, 비난, 강요, 비교와 협박하고
당연시하면서 합리화시켜 영원한 너로
만드는 실수를 매일 반복합니다.

너에게서 우리는
시작은 긍정이고
목적은 너 가 아닌 우리입니다.

완벽은 신의 영역이기에
시작부터 불완전한 상태이기에
실수와 실패 없는 삶은 없습니다.

어렵고 힘들고 포기하고 싶을 때
혼자 할 수 없는 것을
우리는 무엇이든지 가능하게 합니다.

생명 있음에 감사드리며
은혜받은 자로서 최선을 다해
오늘의 삶을 감당해
나아가길 기도합니다.

행복과 삶

삶의 시작은
부족함에서 시작하여
끊임없이 채우지만
채울 수 없는 것 또한 사실입니다.

존재의 가치는
혼자 스스로 있는 것이 아니라
세상의 모든 관계 속에 있습니다.

결혼한다는 것은
두려움이나 불안감보다는
즐거움이나 기쁨을 더욱 크게 생각합니다.

삶을 풍족하게 하는 것은 인연인데
많은 관계에는
좋음과 나쁨이 언제나 동시에 있습니다.

높은 산은 골짜기도 깊습니다.
선하고 좋은 욕심은
두려움보다는 갈급함이 더욱 큰 것입니다.

행복한 삶이란
내 모습 그대로
드러낼 수 있는 삶입니다.

인간은
스스로 변화를 싫어하기에
변화는 노력과 참고 견디는 것이기에
어떤 계기가 반드시 존재해야 합니다.

결혼하기 싫어하는 이유는
동의하지만 부정하고 싶은 것
기쁨보다는 불행을 더욱 크게 생각합니다.

결혼이 실패하는 것은
주고받는 관계라고
생각하기 때문입니다.

연애가 좋은 이유는
지속적인 관계가 아니라 순간이며
기쁨도, 행복도, 책임도, 의무도 잠깐이지만
허무는 너무 길다는 것입니다.

서로의 부족한 부분을 채워주는
사랑, 배려, 희생, 기쁨, 감사에서 얻어지는
정성적인 것을 정량적으로 해석하면
비교의 시작이 불행의 출발점입니다.

행복과 창조

삶이란
어머니 몸속에서 잉태 시작부터
강자만이 살아서
꿈을 꾸고 실현하는 것이 진리입니다.

세상의 모든 것은
저절로 된 것이 아니라 창조된 것입니다.

내가 태어났다는 것은 존재의 의미며
누군가의 노력에 의한 결과물이기에
처음부터 빚진 인생으로
삶이 시작됩니다.

지구상에서 유일하게 인간만이
자신의 삶을 결정할 수 있도록
창조주가 선물을 주었습니다.

인간이 다른 동물 구별된 것은
자신의 존재가 누구를 통하여
창조된 것에 대한 감사를 통해서만
행복한 인생의 영역에 들어갑니다.

살아남기 위하여
서로 비율적인 규정을 정한 것이지
똑같은 것은 없는 것이 인생이기에
소중하고 가치 있게 사는 것입니다.

누구에게나 삶이란
어렵고 힘들고 두렵고 불안한 시간이
없는 인생은 절대 없습니다.

진정한 가치에 대하여
생각하라는 것이지
포기하라고 주어진 것이 아닙니다.

우선 부모와 자녀에게
인정받는 인생이 되는 것입니다.

모든 것을 희생하는 삶이
진정으로 행복할 수 있을까?
의미 있는 희생은 인정받는 삶이지만

세상에 빚진 자가 아닌
도움을 주는 삶을 살아갑니다.

감사, 은혜, 사랑, 믿음, 소망, 희망, 기쁨 등
나의 마음과 생각에서 몸으로 표출할 때에
주변을 환하게 밝히는 존재로서 살아갑니다.

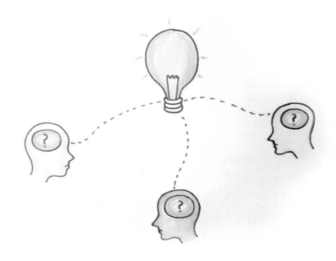

행복과 문화

인간에게 욕구는
생각한 것을 행동하고
사람과 소통하며 달성합니다.

태어나면서 선조로부터
기질을 가지고 태어나지만
우리라는 관계에서 완성됩니다.

사람에게는
추구하고 싶은 것과 피하고 싶은 것이
항상 존재하기 때문에
동기에 대한 진정성과 중요성에 따라
상황에 따라 다르게 반응합니다.

관계란 분위기이다.
말과 상황에 따라 의미의 전달은
같은 언어도 반응이 전혀 다르게 표현됩니다.

시대적인 문제를 해결하기 위해서
개인적인 문제와 집단적인 문제를
풀어가는 과정이 문화가 됩니다.

모든 관계에서 시작되고
불안이 아니라 안정에서 오는 것입니다.

행복은 받는 것보다는
남에게 줄 때 더 행복합니다.
나보다 남을 먼저 생각하는 삶
내가 누군가에게 의미가 있는 사람이 되고
남에게 작은 것 하나를
나누어 줄 수 있는 것이 행복입니다.

행복은 미래에 달성하는 목표가 아닙니다.
지금입니다.
기억하기, 떠올리기, 이야기하고 싶은 것
이것이 행복입니다.

생명 있음에 감사드리며
은혜받은 자로서 최선을 다해
오늘의 삶을 감당해
나아가길 기도합니다.

행복의 그릇

시간은 누구에게나 주어지는
폭포같이 흘러내리는 것이지만
용기 뚜껑을 닫고 받는 삶도 있고
뚜껑을 열고 용기 크기만큼 받는 삶도 있고
밑이 깨진 용기에 받는 삶도 있습니다.

사해는 지구에서 가장 낮은 장소이지만
생명이 존재하지 않는 유일한 장소이고
많은 생명의 물을 채워주어도 정체되고
수분이 증발하면 소금만 남습니다.

시작은 하늘에서 생명 샘이 넘쳐나서
풍요와 생명이 시작되는 감동과 감격이지만
뚜껑을 닫을 것인지 그릇만큼 받을 것인지
통로로 사용할 것인지는 자신이 결정해야 합니다.

창조주는 말했습니다.
우리가 어떠한 상황이나 형편이든
감당할 수 없는 것은
주시지 않는다는 것입니다.

지금의 상황에서
불안이나 초조에서 염려하기보다는
현실은 인내하고 포기하지 않고
내가 할 수 있는 일에 집중하는 것이며
지금이 인생의 전부가 아닙니다.

창조주에게서 받은 선물에서
자족할 수 있는 것을 받은 것입니다.
우리는 비교가 아닌 어떤 형편이든
변화 성장 성숙의 자리로 갈 수 있는
가능성을 받은 것입니다.

공짜는 없다는 진리는 시간 속에서
살아가는 것이 가장 큰 축복입니다.
어떠한 형편에서도 감사하고 기뻐하고
만족할 수 있으며
최선을 다하여 목숨을 다하여
열심히 살아가는 것을 원하는 것입니다.

생명 있음에 감사드리며
은혜받은 자로서 최선을 다해
오늘의 삶을 감당해
나아가길 기도합니다.

행복과 나라

지리적 환경에서 태어나서
자신의 가치관보다는
일부 사람의 뜻이
대다수의 행복보다는
사람이 도구 물건으로 사용된 것이
과거 나라였습니다.

과거에서 지금까지
이어지고 있는 것은
정신이지 물질이 아닙니다.

지금 행복한 것은
자신의 노력으로
결정할 수 있는
선택의 권리가 있기 때문입니다.

한 사람에 의하여 살아가는 것보다는
자신의 생각과 가치관에 의하여
지리적 나라에서 상징적인 나라로
언제든지 선택할 수 있는 시대에
살고 있기에 행복한 것입니다.

이 시대는
한 사람의 잘못된 생각이나 착각으로
여러 사람의 의사와 상관없이
모든 것을 사라지게 할 수 있는
시대에 살기 때문에
불안한 것이 현실입니다.

정보의 홍수에서 정신적인 가치관에
변화 성장 성숙하지만
삶을 파괴하기도 합니다.
행복한 삶이란 구별할 수 있는
능력을 키우는 것이 중요한 것입니다.

어렵고 불안하고 힘겨운 현실에서
행복 하자는 목적의 마음을 가지고
혼자서는 힘들고 포기하고 싶은
그 길을 우리 함께 가지는 것입니다.

생명 있음에 감사드리며
은혜받은 자로서 최선을 다해
오늘의 삶을 감당해
나아가길 기도합니다.

행복과 날개

삶에서 날아오를 때와 하늘을 향할 때는
날개 흔들림 횟수와 방향이 높이를 결정하고

내려오는 것과 추락하는 것을 비교하면
내려오는 것은 날개를 펴고 내려오지만
추락하는 것은 날개를 접고 떨어지기에
마지막은 하늘을 향할 기회가 거의 없기에

삶은 누구에게나
굴곡이 없는 인생이 없기에
땅으로의 추락이 아니라
내려오는 인생이기 바랍니다.

지구 전체가 오천 년 역사 속에서
지금 내려오는 시기이기를
간절히 바라지만
급격한 변화를 추락하고 있는 것 같아 두려워합니다.

지금까지 일상적으로 해왔던
모든 행동과 습관들이 얼마나 소중한지
잃고 난 다음에 그것을 느낀다고 하지만
지금은 모든 사람이 동시에 느낍니다.

지금은 부의 유무와 상관없이
남녀노소 상관없이 누구나 몇 개월 전에 누렸던 것을
얼마나 소중한 것인지 모두가 동시에 느낍니다.

인간의 역사 속에
변화하지 않은 것이
권력, 자녀, 성욕 등의 본능적 욕구라고 하는데
협력보다는 경쟁이 더욱 친근합니다.

미래는 인간 삶의 양극화로 인하여
가진 자와 그러하지 못한 자의 싸움으로
평등보다는 갈등으로 삶이 더욱 파괴될 것 같아
어렵고 두렵고 떨리는 것을 부인할 수 없습니다.

지금은 어렵다고 두려운 때에
힘들지만 최선을 다해 날개를 펴고 내려오는 것입니다.
순간 힘들다고 두려움에 날개를 접는 것은
추락하는 것이기에 내일 기회를 포기하는 것입니다.

미래는 기계와 동맹하는 삶이기에
모든 공간과 환경에서
진정한 삶은 나와 네가 아닌 우리의
공간에서 행복을 추구할 수 있는 것을
잊지 말고 오늘을 살아야겠습니다.

행복과 낭비

삶은
마음이 원하는
대로 살게 되고
꿈꾸는 대로 이루어진다.

새로운 만남을 통해
새로운 기대감과
절실함이
기회가 있습니다.

나의 생각
나의 말
나의 행동이
다시 나에게 돌아온다는 것입니다.

세상은 넓고
선택은 많고
누구에게나 기회는 있기에
먼저 다가가는 적극적인 것이 필요합니다.

자신을 아끼는 것만큼
타인을 소중히 여기는 것이
진정 타인을 사랑하는 마음을 가지고
올바른 일을 성실히 열심히 하는 것입니다.

하루를 소중하게 생각하고
어제의 일로 후회 말고
내일을 위해
오늘을 낭비하지 않는 것입니다.

사랑하면
세상이 아름다워진다고 합니다.
항상 감사하는 삶을 살아가는 것이며
기회는 준비된 사람에게 주어집니다.

행복은 낭비가 아니라
원하고 기도하는
행동하는 사람에게
주는 선물입니다.

생명 있음에 감사드리며
은혜받은 자로서 최선을 다해
오늘의 삶을 감당해
나아가길 기도합니다.

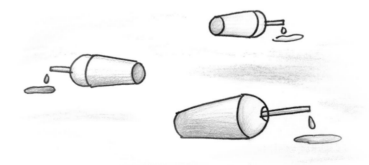

행복과 도전

살아 있는 삶이란
움직인다는 것이며
항상 선택해야 하고
가보지 않은 길이기에 도전입니다.

죽은 삶이란
고정되어 있다는 것이며
선택은 자신의 결정이 아니라
운명이라 생각하고 그 자리에 머무름입니다.

삶은 누구에게나
처음 살아보는 것이기에
시도하지도 않고 그 결과를 속단하여
가능성에 대한 기회를 놓치지 않아야 합니다.

삶은 언제나 준비된 이에게
기회를 주는 것이기에
오늘도 배우기에 노력하면
선물 받을 확률을 높이는 것입니다.

백세 시대에 한 가지만 하면서 살기에는
긴 시간이지만 고정되지 않았기에
누구에게나 준비와 도전이
삶의 행복으로 가는 길이라고 요구합니다.

그 길은
모두의 기쁨이어야 하고
모두에게 가치를 인정받는 것이며
모두가 만족으로 가는 행복입니다.

그 길은
항상 불확실성이 높고 풀어야 할
문제의 범위와 성격이 너무 복잡하기에
인류의 시작부터 멈춤이 없는 것입니다.

경쟁과 도전이 다른 것은
경쟁은 승자와 패자 모두가
스트레스와 좌절감 속에서의 삶입니다.
도전은 모두를 행복하게 하는 것입니다.

역사는 생존 지혜가 몸에 습관적으로 들어와
변화하는 환경에서 할 것과 하지 말 것을
구분할 수 있는 지혜를 요구하기에
항상 배우는 출발점이 되는 것입니다.

행복과 발전

발전이란
갈급한 마음을
행동으로 옮기는 것입니다.

발전이란
미래를 위한
행동으로 옮기는 것입니다.

발전이란
준비된 것이 아니라
시간을 만드는 것입니다.

발전이란
못하는 이유를 말하는 것이 아니라
시간을 만들어서 실행하는 것입니다.

발전이란
멈추지도 포기하지도 않은
사랑이 되는 것입니다.

발전이란
스스로 바꾸지 않으면
아무것도 변하지 않는 것입니다.

발전이란
마음과 생각에서 시작하지만
행동으로 보여질 때 결실을 얻습니다.

발전이란
누구나 생각을 하지만
다른 어떤 것을 포기하고 집중하는 것입니다.

발전이란
어린아이 몸과 마음에서
성인이 되는 것입니다.

발전이란
시간이 해결해 주는 것이 아니라
누구나 할 수 없는 길을 걸어가는 것입니다.

발전이란
자신이 원하는 삶을 살기 위해
꿈꾸는 대로 최선을 다하는 삶입니다.

행복과 영원

삶은 영원하다는
단어를 사용할 수 없기에
시작부터 죽음을 향해
달려간다고 하고

삶은
과거 현재 미래까지
패배자보다는 승리자에게서
의미가 역사가 되고

존재 의미는
무가 아니라 유인데
모든 것은 생존을 향하여
주어진 환경에서 최선을 향해 달려가고

무한을 향해 달리는 인간도
당장 미래를 예측하기 어렵기에
보이는 것보다 볼 수 없는 것에
불안감과 공포에서 자유 함은 무엇인가.

존재의 의미는 변화이다.
알거나 모르는 모든 것은
변화만이 생명을 유지하기에
치열하게 오늘을 사는 것입니다.

변화가 시작될 때
새로운 삶이 시작인데
사람보다 세상은 급속도로 변경되는데
삶의 행복은 어디에서 찾을까?

삶은 태어나면서부터
불공평하게 시작되는 삶이지만
인정받고 비교가 아닌 나의 주체로
살아갈 때 행복에 도달합니다.

내 모습 그대로 드러낼 수 있도록
삶에 최선을 다해 올바른 일을 하며
서로 부족한 부분을 채워주는 삶으로
인생을 사는 것이 행복입니다.

생명 있음에 감사드리며
은혜받은 자로서 최선을 다해
오늘의 삶을 감당해
나아가길 기도합니다.

행복과 의미

삶의 의미는
살아가는 이유이거나
공허한 것입니다.

자기 자신을
위한 삶이 삶이 아니라
타인을 위한 삶이라는 것입니다.

삶이란
무한의 책임이 있는 것으로
시간이란 공간 속에서
좋은 것이든 나쁜 것이든
영향을 미친다는 것입니다.

인간은 욕망으로 살아간다고 합니다.
절제된 욕망은 나와 주변을 이롭게 하지만
그 이상은 불행하게 합니다.

우리는 죽지 못해서 살아간다고 합니다.
그것은 죽는 것보다는 살아 있는 것이
더욱 가치가 있기 때문입니다.

어려움이나 고통은
삶의 가치를 더욱 찬란하게
빛나게 하는 도구이기에
어떻게 사용할 것인지
자신이 결정해야 합니다.

삶에는 만남과 헤어짐이
반드시 있습니다.
성격이나 가치관이 다른 것을
인정하고 서로 보완할 때
아름다운 성장으로 나타납니다.

삶의 실패는
감사나 칭찬, 봉사, 미래에 대한
기대가 없는 공허함이 삶의
의미보다는 더 클 때입니다.

생명 있음에 감사드리며
은혜받은 자로서 최선을 다해
오늘의 삶을 감당해
나아가길 기도합니다.

행복과 에너지

보이는 것과 보이지 않는 것에
상관없이 존재하는 것은
에너지가 있습니다.

존재가 축복이라고
감사할 수 있다면
그것은 행복입니다.

에너지는 행복에 이르는 것과
사망에 이르는 것으로 나누어 집니다.

나를 변화시키는 것은
다른 어떤 것도 아닌
나에게서 시작되는 것입니다.

내가 하는 말은
나에게 가장 큰 영향을 주기에
변화하기를 바란다는 것은
갈망하는 크기와 비례한 것입니다.

진심과 사랑을 담아 최선을 다하여
자신부터 긍정에너지로 변화하면
주변은 당신에게 전달받은 에너지로
더 큰 변화를 이끌어 갑니다.

말은 무에서 유를 창조합니다.
삶에서 감사할 것인지 원망할 것인지
중간영역이 존재하지 않고
선택하는 것이기 때문입니다.

말이란 꽃밭에
행복의 씨앗을 뿌리면
행복의 꽃이 피는 것이
당연한 진리입니다.

행복하게 살아간다는 것은
눈에 보이거나 보이지 않아도
진리에 따라 살아가는 것입니다.

행복이란 끊임없이 생각과 태도의
변화를 요구하기 때문입니다.

행복과 운

운은
내가 만드는 것이기에
남 탓하지 않는 것입니다.

운은
거짓으로 포장하기보다는
진심만을 말하는 것입니다.

운은
없는 것에 대한 원망보다는
가진 것의 감사에서 시작됩니다.

운은
기다리는 것이 아니라
끊임없는 노력의 결과물입니다.

운은
질투하는 것이 아니라
비교하지 않고 자신의 길을 걸어가는 것입니다.

운은
내일을 걱정으로 시간을 보내는 것이 아니라
오늘의 삶을 살아가는 것입니다.

운은
우연이 아니라
행동의 결과물이라는 것입니다.

운은
얻고자 하는 관심을 보이는
사람에게만 오는 것입니다.

운은
가능성 계산에 시간을 보내는 것보다는
자신이 할 수 있는 일을 당장 실행하는 것입니다.

운은
바라고 기다리는 것이 아니라
자신이 직접 만들어가는 것입니다.

운은
스스로 원하는 것이 무엇인지
그것을 생각하고 행동으로 옮길 때 주어지는 것입니다.

운은
평범한 사람에게 오는 것보다
용기를 가지고 손을 내민 사람에게 오는 것입니다.

행복과 지구

요즘은 어려움과 두려움으로
빨리 날이 밝기를 기도합니다.
터널의 시기가 끝인 줄 알았는데
아직 시작인 것에 숨이 막힙니다.

우리의 의가 아닌
개인의 욕구를 위하여
많은 이를 이끌지만
무모함과 무지함에 넘어집니다.

평화가 있을 때
소중함과 귀중함을 모르던 것을
늘 다 잃고 난 후에
소중한 것이 무엇인지 생각하는 것이 인생인가 봅니다.

지금 위기는
그냥 지나갈 것이라고 믿고 싶지만
내 주위의 소중한 것이
점차 사라질 때 나는 어디에 있을까?

세상은
그냥이라는 것이 없습니다.
위기를 위기라고 제대로 인식할 때
그에 대한 대책이 있는 것입니다.

지금은
나만의 위기가 아닌
우리의 위기로 대할 때
개인적인 욕구가 아닌 우리의 희망이 되는 것입니다.

위기의 때는
내 개인적인 돈 벌기보다
남들에게 도움이 되는 마음으로 시작하는
그 길은 행복의 길이 되는 것입니다.

위기의 때에
더불어 살아남기 위해
문제를 더 고민하고 서로 사랑하는 것이
문제해결의 시발점이 되는 것입니다.

과거에
위기가 기회라고 합니다.
지금은 위기는 개인의 기회가 아닌
전체의 삶을 무너트리는 시대인 것입니다.

과거는
나와 주변의 사랑 믿음 소망 있었다면
지금은 지구와 우주 전체를 사랑하고
소중히 여기는 감사가 있어야 합니다.

행복과 차이

행복은
삶에서 조화와 균형이
이루어야만 가능한 것입니다.
몸과 마음의 균형이 필요한 것입니다.

행복한
삶의 목적에 도달하려는
열망의 존재는 내 주변에 있는 것입니다.

행복은
시작부터 실패할 것을 걱정하는
불안감에서 이겨내는 것입니다.

행복은
순간 주어지는 것이 아닙니다.

실패로 느껴져도 포기하지 않고
원인을 파악하고 새로운 시작을 하는 것입니다.

행복을
유지하기 위해서는
문화보다는 시스템을 갖추는 것이 필요합니다.

행복은
창조자보다는 정원사가 되어
주변 모든 것을 가꾸는 것입니다.

행복은
오늘의 순간이
언제나 미래를 결정하는 진리입니다.

순간은 눈과 마음에 드는 것처럼
보일 수 있어도
그것은 착시 현상이며
진리는 영원한 것입니다.

오늘을
어떻게 결정하느냐가
반드시 미래 자신의 모습이기 때문입니다.

생명 있음에 감사드리며
은혜받은 자로서 최선을 다해
오늘의 삶을 감당해
나아가길 기도합니다.

행복과 집중

시야는
무한으로 보이지만
결론은 언제나 하나만 선택합니다.

결정된 것이 아닌
미완성이 시작이고 끝이기에
어떤 순간도 그냥은 없는 것입니다.

세상의 보이는 것이나
보이지 않는 것이나
변화는 생존이지만
정지는 사라지는 것입니다.

세상의 모든 것을
담을 수 있는 그릇이 있다고 해도
최선이라는 단어보다는 작습니다.

창조주는 선물로
감사, 믿음, 소망, 사랑의 그릇을 주셨는데
세상의 어떤 그릇도 이것보다 작습니다.

삶과 환경은
언제나 변화하기 때문에
지배하거나 지배당합니다.

이 세상의 모든 것이
나를 위해 존재할 때
그것은 감사요 축복입니다.

이 세상의 모든 것이
나를 억압하거나 지배할 때
그것은 두려움이요 분노입니다.

한 번에 결정되는 인생이 없기에
감사로 시작된 집중은
어떤 상황이나 조건이든
무한대의 행복입니다.

생명 있음에 감사드리며
은혜받은 자로서 최선을 다해
오늘의 삶을 감당해
나아가길 기도합니다.

행복과 태도

언제나 동행하는 그림자와 같이
뜨거운 태양 아래는
실체를 드러내지만
밤이 되면 사라지고 보이지 않습니다.

삶을 변화시키고 싶다면
나를 이루는 있는 모든 것에 대해
맞이하는 삶을 태도를 바꾸면
인생이 변경된다고 합니다.

세상의 모든 것이
나를 구속할 수 있어도
삶을 대하는 태도를
선택할 자유는 나에게 있는 것입니다.

진정한 기쁨인 이유는
삶의 대하는 태도가
삶의 훈련으로 변화할 수 있어서
희망이나 절망의 선택은 나에게 있는 것입니다.

과거의 삶은 좋은 것만
기억으로 남는 시대였지만
지금은 삶의 외부든 내부 전부를
기록으로 남는 불멸의 시대인 것입니다.

폭풍 속에서
사투하는 삶이 아니라
마음의 방향에서
시작되는 삶의 의미가 행복입니다.

너무 바쁜 시기에 생각의 여백을 가지고
존재부터 감사로 여길 때
구성하는 모든 것은
당신을 위해 존재하는 이유가 됩니다.

생명 있음에 감사드리며
은혜받은 자로서 최선을 다해
오늘의 삶을 감당해
나아가길 기도합니다.

행복과 한계

삶이란 망각이라고 하는데
기억하는 것보다는
잊어버리는 것이 당연한데
아쉬움의 시작이 기록입니다.

삶이란
원하거나 원하지 않아도
과거는 사라졌지만
지금은 영원히 기록으로 남는 것입니다.

삶이란
과거 현재 미래가
같은 시점이기에
지나가고 지금이고 미래입니다.

삶이란
영향을 미치는 것에 반응하고
한계에 이르렀을 때 인정하고
꾸준하게 버티고 견디면서 한 걸음 나아가는 것입니다.

삶이란
주어진 시간을 지금 할 수 있는 한
가장 가치 있고 소중하게
최선을 다해 보내는 것입니다.

삶이란
기술 발전이 시공간을 초월해서
기억으로 담는 한계에 대해
영원한 인간의 욕구라고 합니다.

삶이란 한계에
시간적 공간적 환경적 제약에서
마음과 생각을 행동으로 뛰어넘는 순간
가슴이 터질 듯한 성취감입니다.

삶이란 시공간 속에서
탐색하기에만 에너지를 다 낭비하고
할 수 있는 시간을 거의 소비하여
행동의 가치의 시간에 아쉬워하는 것입니다.

삶이란
진정 행복한 길은
오감을 가지고 사랑할 수 있는 것에
오늘 최선을 다해 사는 것입니다.

행복과 해방

이스라엘은 2000년 동안
나라 없는 상태에서도
버틸 수 있었던 것
약속은 꼭 이루어진다는 믿음이었습니다.

나의 조국은
오천 년 역사를 이어오면서
정신과 몸이 억압받던 시기에
어떤 소망이 해방을 가능하게 했을까?

현대는 말이나 행동이
기억 속에서는 찰나로 살지만
인터넷에 영원이라는 단어로
보이지 않은 실체로 살아 있다는데

과거의 마음과 행동은
신의 심판이나 저주를 의식했고 흔적은 없지만
오늘날은 팔로워와 이름 없는 눈길로부터
생각할 틈도 없이 즉시 심판받고
그 흔적은 영원히 남는데

사람은 시작이 무에서 시작되기에
배움과 소통을 통해
지속적인 성장이 되어
인간의 두려움과 불안감은
해방될 수 있을까?

과학 문명의 발전으로
시공간의 영역이 없어지면서
무한대의 기회를 제공하면서
나의 관심사가 전 세계와 공유하면서
신보다는 사회가 더 두려운 존재가 되는데

자신의 삶과 성공
행복을 드러내고 싶다는 욕구는
점점 크게 되지만 삶의 의미를 생각하며
내일보다는
오늘을 성실하게 살아야겠습니다.

생명 있음에 감사드리며
은혜받은 자로서 최선을 다해
오늘의 삶을 감당해
나아가길 기도합니다.

행복 그 누구도

그 누구도
환영하지 않은 곳에서
나를 온유하게 하소서

그 누구도
주어진 삶의 무게가
다른 누구에게 짐이 되지 않게 하소서

그 누구도
두려움이나 절망적인 상황에서
간절함의 진리로 해결하게 하소서

그 누구도
어디를 가서 누구를 만나든지
기쁨이고 감사이며 축복이게 하소서

그 누구도
다르게 보고 다르게 느끼며
생각에서 행동으로 변화되게 하소서

그 누구도
육체적인 한계를 뛰어넘어
마음의 무한으로 행복하게 하소서

그 누구도
논리적이고 합리적인 것보다
감정이나 만족을 넘어 진리를 알게 하소서

그 누구도
나로부터 시작하는 존재이기에
사랑하고 존중하고 찬양하게 하소서

그 누구도
자신의 삶을 뛰어넘어
주님을 향한 삶이 될 때
행복이라고 예수가 몸으로 보여 주셨소

생명 있음에 감사드리며
은혜받은 자로서 최선을 다해
오늘의 삶을 감당해
나아가길 기도합니다.

행복 그리고 나와 우리

나라는 존재는
좋아하고 하고 싶은 것
행복하고 멋지고 감동적이면서
성공적인 삶을 목적이라 하는데

우리 존재는
나쁜 것을 피하고 싶은 것
안전하고 평화롭고 무탈하면서
화목한 삶을 유지하는 것이 목적이라고 하는데

약점을 보완하는 나보다는
우리 숨은 장점을 찾아서
더 발전시키는 것만으로도
시간이 부족한 것이 현실이지만
내가 우리로 들어가는 길이라고 합니다.

사람의 뇌는
작은 변화에 싫어하고 귀찮아하면서
큰 변화는 위험을 감수하고
큰 희생을 받아들인다고 합니다.

행복의 시작은
큰 변화가 아니라
작은 변화에서
출발합니다.

나와 우리의 삶의 단어가
명사가 아닌 동사가 되어야만
시작부터 결승점 도달하는 전 과정이
행복할 수 있습니다.

자신에게 주어진 삶이란 누구에게나
주인이지 나그네가 아닙니다.
나그네는 주인행세를 하는 것이지
영원히 주인은 아닙니다.

자신의 삶의 대하여
선택하고 행동할 때
보상은 한꺼번에 받는 것이 아니라
시작부터 받기 시작합니다.

행복으로 가는 고통

삶이란
변화의 연속이라고 하며
불안하다는 것은
정지된 상태입니다.

삶이란
불편함에서 시작하여
편안함으로 변화되고
성장 성숙으로 진행하는 것입니다.

삶은 언제나
위기가 찾아오는 것이
진리입니다.

위기를 기회로
변화시키는 사람에게
주는 선물입니다.

인생은 고통이거나
행복이라고 합니다.

타인의 고통을
완벽히 이해할 수 없는 것처럼

나의 고통을
완전히 알 수 있는 사람은 없습니다.

인간에게 동일한
인생이 없다고 했습니다.

나의 고통을
누군가 대신할 수 없고
피한다고 피할 수 없는 것입니다.

고통은 마음과 몸을
힘들고 아프게 하지만

고통을 극복하는
사람에게는 성장이나
성숙이라는 선물을 받는 것입니다.

변화하고 싶다면
변화하는 지식을 습득하고
행동으로 옮기며 살아야 합니다.

행복으로 가는 길

인생의 길은
자동차 운전과 같습니다.

기어를 중립에 놓고
아무리 엑셀을 발아도 자동차는 소리만
요란할 뿐 움직이지 않습니다.

좌측 신호등을 키고
우측으로 핸들을 돌리는
인생은 위험한 것입니다.

삶은 언제나 위험과 두려움과
아픔과 힘듦의 상황 속에서
살아가는 것입니다.

삶은 극복하거나 구속당하는
인생만이 있는 것입니다.

인간의 역사는
항상 문제의 상황을 극복하는 과정에서
성장 성숙 변화로 진보 발전해 왔습니다.

지구의 역사 속에서
유대인은 이 천년 동안 물질이 아닌
생각하는 것으로 대를 이어
지속적인 발전시켰습니다.

물고기를 주는 게 아니라
물고기를 잡는 법을 알려주소
그것을 계속해서 발전시키는
습관을 형성하게 됩니다.

발전은 혼자서 하는 것이 아니라
짝을 지어 질문과 알려주고
대화 토론 논쟁의 전통적인 학습이
삶으로 이어지는 것입니다.

삶이 돈으로 살아갑니다.
돈의 노예가 아닌
돈의 주인으로 사는 것입니다.

삶은 언제나 주고받는 관계에서
주인 또는 노예가 되어 있는 것입니다.

현실은 최악의 상황을 항상 준비하고
삶은 회개 기도 자선을 통하여
하나님에게 축복을 받으며 삶을 살아가는 것입니다.

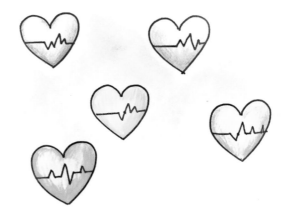

행복의 방향

아빠 저는 매일 매일
최선을 다하는 삶을
살려고 노력하고 있어요

그래도 미래에 대한
불안감을 떨쳐 버릴 수 없어요.

경쟁 사회에서는
누구나 가지고 있는 것입니다.
하나님이 모든 사람에게
하루는 24시간을
주시는 것은
하나님은 공평한 분이라는 것을
보여 주는 것이란다.

하루의 삶에도
누구나 받은 하루를
어떻게 살아가는가?
하루의 질과 방향이 중요한 것이란다.

오늘 하루에 대해서
아침에 일어나자마자
기도로 시작되고
기도는 오늘 하루에 대한
하나님과 너의
삶에 대해 약속하는 것이란다.

오늘 하루에 대하여
지혜롭게 하루를
살아가는 것이
중요한 것입니다.

오늘의 삶의 공부에서
이론적인 공부보다는
실질적인 공부가 필요한 것입니다.

하루의 일과에서
너의 노력으로
너와 다른 사람에게
행복하게 만드는 일을 하는 것이란다.

행복은
언제나 받는 것이 아니라
주는 것이라고 합니다.

오늘의 삶이 행복한 삶이 되기 위해서
너는 오늘도 지혜롭게 죽을 정도로
최선을 다하는 삶을 살아가길 바랍니다.

행복한 성공

성공이란
그저 우연이 찾아오는 것이
아닙니다.

성공이란
여러 가지 요인들이 복합적으로
어울리고 노력하여
만들어집니다.

현실과 미래에
부자가 되는 것은
모두 원하고 바라는 것입니다.

성공은 혼자서
이루는 개인 독백이 아니기에
우리라는 테두리에서
만들어 집니다.

우리를 만족시키는
단 하나의 방법은 존재하지 않습니다.
많은 방법의 조합입니다.

맥락, 순서, 결합의 조화가 이루어져
노력이 어울려져
성장 변화 성숙으로 나아갈 때
성공이 다가오는 것입니다.

사회경제적인 성장을
성공이라고 표현합니다.

현실적인 풍요와
미래의 잠재적 가능성이 함께
행복한 성공에 도달할 수 있는 것입니다.

행복한 성공을 바란다면
우리라는 단어를
만족할 수 있는 때
성공할 수 있습니다.

우선 현실 상황에서
긍정적인 영향을 미치는 요인에 따라 행동합니다.
행동에는 우선순위와 타이밍을 결정합니다.
주변 상황이 항상 변화하기 때문에

늘 학습하고 노력하여
미래 지향적인 생각을 가지고
결정해야 합니다.

행복의 순간

자신의 의지에 따라
상황이 바뀌는 경우보다는
주변 상황에 따라
문제로 다가와 해결하는 과정이
인생입니다.

삶이란 현실을 살아가는 것에
쉽고 빠르게 해결하고 싶은 것은
인간은 기본적인 욕구 속에서
두려움과 떨리는 상황에서
벗어나기 위해 고민하기 시작합니다.

사람은 세상의 기준으로
인생을 살아간다고 이야기하지만
최종적으로는 자신의 삶을 결정하고
자신이 책임지는 인격체의 삶인 것입니다.

삶의 상황에 따라
자신의 위치에서 천국과 지옥으로
표현하고 유지하거나 벗어나기 원하는 것은
인간의 근본적인 욕구라고 표현합니다.

인생은 시간 점들이 이어져서
길을 만드는 것입니다.

순간의 결정은
다른 사람의 결정이 아니라
자신의 마음이 움직이는 대로
따르고 행동하며 자신이 결과에 책임지는 것입니다.

순간은 너무나 소중한 축복입니다.
보석으로 만들 것인지
쓰레기로 만들 것인지
자신의 의지로 결정할 수 있는
살아있는 존재에서 감사가 시작되는 것입니다.
생각대로 되는 인생은 없습니다.
그러나 불가능한 것을 가능하도록
예수님을 보내어 무엇이든 가능한 존재로
만드신 것이 믿음입니다.

행복은 믿음입니다.
목적지를 바라보고 달려가는 삶입니다.

방향은 저절로 만들어지는 것이 아니라
배움으로
매 순간을 생각과 행동을 보정 하며
성장, 성숙, 변화하는 삶으로
목적지를 향해 가는 환경에서
버티고 살아남는 것이 인생입니다.

행복의 움직임

행복이란 일상의 삶 속에서
뚜렷한 목적의식을 갖고
감사와 사랑을 더 많이 느끼며
미래에 대한 희망을 경험할 때
주어지는 감정이라고 했습니다.

행복을 원하는 삶은
움직임입니다.

움직임은
인생의 파도 속에서
고립과 좌절의 역경에서 구해주고
희망과 용기가 성장이 됩니다.

내 이웃을 내 몸과 같이 사랑하라
움직이는 것은
혼자가 아닌 우리입니다.

많은 사람과 교감을 하면서
감사와 희망과 기쁨과 같은
감정을 우리라는 테두리에서
더 많은 경험이
행복한 길로 들어가는 것입니다.

무덤에서 행복에 대해
이야기하는 것은 무의미합니다.

인간은 움직임에 대한 보상으로
삶을 살아가고
행복의 크기가 되는 것입니다.

움직인다는 것은
주변의 나와 연관된 환경에서
고난을 견디고 사랑하며
축복의 통로로 변화시키는 삶입니다.

행복한 사람은 삶을 단순화합니다.
마음속에서 뇌 속에서
기준에 의하여 움직이기 때문에
빠르고 민첩하며 용기와 사명감을 가지고 행동합니다.

신자가 되었다는 것은 행복입니다.
삶의 기준이 정해졌기 때문에
어떤 상황이 닥쳐와도
생각의 고민보다는 움직임에 집중합니다.

행복한 가족

가족은
가지고 싶다고 해서
가질 수 있는 것이 아닙니다.

가족은 공동체입니다.
자신의 인생을 부정하고 싶어도
할 수 없는 것이
가족이라는 운명 공동체입니다.

가족은
모든 것을 공유합니다.
생각과 가치와 모든 것을
공유하면서 자신이 할 수 있는 것을
최선을 다해 노력하는 것입니다.

집은 행복을 공유하는 공간입니다.
인간은 삶에 대하여 질문하면
모두 행복을 이야기합니다.

혼자서는 절대 행복할 수 없습니다.
혼자 있는 공간은 있습니다.
그 공간은 무덤이기에
행복할 수 있는지 의문입니다.

사람은 공유에서
행복을 찾습니다.
사랑은 나눔이며
사랑은 공유하며
사랑은 관심입니다.

사람은 동물과 다른 것이 있습니다.
사람은 태어나면서부터
성장 성숙 변화의
연속적인 삶을 영위한 것입니다.

가족은 언제나
흐르는 물이 되어야 합니다.
늘 변화와 성장과 성숙에
최선을 다하여 미완성의 삶을
완성하는 삶으로 살아가는 것이
인생이며 여기에서 행복을 찾는 것입니다.

행복의 고난

삶은
자신의 기준에서
원하는 수준에
도달하지 못했을 때
고난이라고 말합니다.

이 세상 살아 있는 동안에
누구도 편안한 삶을 살았던
사람은 없습니다.

이 세상에 살면서
자신이 원하는 것을
다 이루는 사람은 없습니다.

우리는
태어나면서부터
삶을 살아가는 동안
어려움과 고난에
자유로울 수 있는 인생은
없습니다.

고난을 고난으로
받아들이는 사람과
지금의 고난을
성숙하는 계기로 만드는 사람은
차이만 존재할 뿐입니다.

삶을 살아가는 것은
중요한 것입니다.
하나님은 우리에게
생각하고 실행할 몸을 주셨습니다.

동물적인 본능이 아니라
인생에 인격과 목표를 정하여
살아가는 동안 지속적인
변화 성장 성숙이라는 것을
주셨습니다.

우리가 살아가는 동안에
고난과 고통과 두려움 속에서도
기쁨과 행복과 감사를 드릴 수 있는 것은
신자들에게 주님이 우리의 삶에
간섭하여 인도하는 믿음 때문입니다.

행복한 기도 마음

주님
나의 마음을 털어 놓고
이야기하고 싶습니다.

우리 주님은 말씀하십니다.
구하라 주실 것이요
찾으라 만날 것이다.
두드리는 자에게 열릴 것이다.
라고 하였습니다.

무엇을 마실까.
무엇을 먹을까.
염려하지 말라고 하였습니다.

염려할 것인지 기도할 것인지
우리는 선택해야 합니다.

우리는
건강한 자녀가 되기 위해서는
우리는 기도해야 합니다.

구하고 찾고 두드리는
하나님께 간구하는
인생이 되기를 바랍니다.

하나님의 때를 기다리는
인생이 되기를 기도합니다.

우리는
열정을 가지고
끈기 있게
포기하지 않는 전심으로
하나님께 매달리는 것이
기도입니다.

기도는
간절함이 있어야 합니다.
마음을 비우는 것입니다.

간절한 마음이 없는 것은
하나님의 마음을
넣을 공간이 없는 것입니다.

심령이 가난한 자가
되기를 기도합니다.

하나님이 동행하는
인생으로 사는 것입니다.

행복의 길

행복한 길은
목적지가 있는
항해자의 삶입니다.

삶의
이정표가 없는 것은
목적지 없는 것이며
여기에는
사랑도 믿음도 소망도
없는 길인 것입니다.

행복의 길은
저절로 되는 것이 아닙니다.

사람은 세상의
모든 일을 동시에 할 수 없습니다.

행복의 길은
나에게 주어진
시간과 삶이
어느 방향으로 향하고
있는지가 중요합니다.

행복의 길은
삶이 어렵고 힘들어도
서로 사랑할 때
주님을 생각하게 됩니다.

우리 삶의 목적지로
인도하는 여호와 하나님에게
돌아가는 삶의 길이
영원한 사랑으로 가는 길입니다.

이 길은
우리를 영원한 삶으로
인도한 삶이기 때문입니다.

삶의 무게가 힘들 때
두려움이 커질 때
짙은 안개가 낄 때
긴 터널을 지날 때

은혜와 평강이
하나님에게서
나를 향한 사랑의 축복이
넘치는 삶의 길이 되는 것입니다.

행복한 눈물

인간은 태어나면서부터
눈물겨운 삶이
시작됩니다.

부모는 자녀를 위해
눈물겨운 삶을
살아가고 있습니다.

믿음의 가정은
우리를 위해 눈물을 닦아 주시는 분이
하나님이십니다.

예수님은 십자가에서
우리를 위하여 눈물을
흘려 주셨습니다.

태어나면서부터
눈물겨운 삶으로 살아갑니다.
인간은 눈물겨운 삶에서
벗어날 수 없습니다.

하나님만이 우리를 위해
평생 눈물을 흘려 주십니다.

우리의 가정에서
하나님을 모신다고 하지만
요즘 눈에 보이는 부모 모시는 것이
참 어려운 시기입니다.

하나님 아버지만이
부모가 자식 곁을 떠나도
영원히 우리의 자녀와 가정을 위해
기도합니다.

우리 삶의 참주인이신
너의 참 부모이신 하나님께서
우리 가정의 아버지가 되고
계신지 생각했습니다.

하나님을 믿는다고 하면서
하나님의 그 손에
우리의 삶을 맡기고 있는지
다시 한번 생각하게 됩니다.

행복한 영원

인생이 가장 행복한 순간은
매일 꿈꾸던 생활을
한다는 것입니다.

인생이 가장 행복한 순간은
삶 속에서
어느 정도 주어지는 것인가요.

인생에서 태어나는 것과
죽는 것은 운명이라는 것으로
자신이 결정할 수 없는 것입니다.

인생에서 늘 생명과 죽음의 순간에서
예수님은 고통받고 실패하고
세상에서 버림받은 사람을
생각했습니다.

주님은
세상의 것이 아닌
최후의 소망입니다.

주님은 절망에서 희망으로
주님은 눈물의 기도를
축복되게 하셨습니다.

온 세상에서
죽음에서 생명을
선언하고 계십니다.
나는 부활이요.
생명이라고 선언하셨습니다.

나를 믿는 자는
죽어도 살겠다고 했습니다.

살아서
나를 믿는 자는
영원히 죽지 않는다고 하셨습니다.

하나님 안에는
모든 것이 영원히 사는 것입니다.

주님 안에서
우리는 영원이라는
생명의 행복을 얻을 수 있는 것입니다.

행복한 단순함

행복을 주는 기준은
단순화하는 것입니다.

행복은 불필요한 것을 줄여서 시간을
효율적으로 사용하는 것입니다.

잡한 환경에서는
선택과 집중을 할 수 없는 것은
당연합니다.

정보화 시대에서
주변의 모든 상황과 환경은
인생을 더 복잡하게 합니다.
모든 것을 소화할 수 없기에
선택과 집중이 필요합니다.

삶은 시간적인 한계가 있습니다.
하고 싶은 일
꼭 이루고 싶은 일
이것에 집중하는 것입니다.

삶의 시간을 생각의 영역과
고민의 영역으로 구분할 필요가 있습니다.

생각의 인생은 혼자 할 수 있습니다.
고민하는 인생은 나와 다른 사람과의
관계 문제이기 때문입니다.

행복하길 원한다면
내가 지속 가능하도록
자극을 받는 환경을 조성하는 것입니다.
내 주변의 모든 것 책상 앞
노트북, 패스워드, 가방, 노트 등에
목적지에 대한 것을 적어 놓습니다.

단순화된 목표에 집중하면
모든 상황이
목표를 향하고 있으면
반드시 이루어지는 것입니다.

나의 삶이 생각에서부터
의지나 욕구를 내 주변의
모든 환경에 노출하고
선택하고 집중할 수 있는 것입니다.

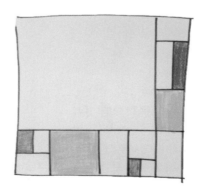

행복한 도우심

하나님이여
나를 건지소서

여호와여
속히 나를 도우소서

주로 말미암아
기뻐하고 즐거워하게 하시며

나는
가난하고 궁핍하오니
하나님이여
속히 내게 임하소서

주는
나의 도움이시오
나를 건지시는 이시오니
여호와여 지체하지 마소서

주께서
나의 반석이요.
나의 요새이심이니라

하나님께서는
나를 창조부터
주를 의지하게 하셨습니다.

어머니의 배에서부터
주께서 나를 만드시고 택하셨사오니
나는 항상 주를 찬송합니다.

생명 있음에 감사드리며
내가 주를 찬양할 때
입술이 기뻐 외치입니다.

주는
나의 길이요
나의 생명이요
나의 해와 달과 같이 항상
나의 삶과 동행하게 하소서

은혜받은 자로서 최선을 다해
오늘의 삶을 감당해
나아가길 기도합니다.

행복의 마라톤

작은 성공은
원하는 목적지에
도달할 때
그 결과로 행복하다고 합니다.
삶은 마라톤 입니다.

마음의 마라톤은
다른 사람을 의식하지 않고
마음과 몸으로 수행하는 것입니다.

목적지에 도달했을 때
자신만이 느낄 수 있는 것은
행복이라는 선물입니다.

인생은 한 번에
결정되는 것은 없습니다.
늘 상황에 따라 변화하기 때문에
최고를 바라기보다는
최선의 삶을 살도록 기도합니다.

삶이란 시간이라고 표현합니다.
삶은 항상 문제를 만나게 됩니다.
도망치거나 도전하거나
항상 선택의 문제를 만나게 됩니다.

오늘도 마음으로 결심한
목적지에 도달하기를 기도합니다.
달성되었을 때의 행복을
누리기를 기도합니다.
행복이 행복을 더한다고 했습니다.
인생 시간에서

문제의 선택에 대하여
최고보다는 최선을 다하여
원하는 목적지에 도달했을 때
행복과 감사를
누리는 삶이 되길 기도합니다.

사람 관계는 동행이라는 단어를 사용합니다.
사람 관계에서
모두가 같은 숫자의
만족하는 결과물은
얻을 수 없는 것이 인생입니다.

인생은 한 번에 해결되는 것은 없습니다.
항상 최고가 되기보다는
최선의 다하는
삶을 위하여 시작하는
삶이 되기를 기도합니다.

행복한 사람은
행복을 위해서
다른 사람보다는
더 많은 노력한 결과물로
행복을 받는 것입니다.

행복한 마음과 생각

주님은 상한 갈대와
꺼져가는 심지와 같은
희망이 없는 곳에서
하나님은 우리를
위로한다고 하십니다.

필요할 때 저희를 돕는
은혜를 얻는다고 하셨습니다.

주님에게 기도하면
위로해 주신다고 하셨습니다.

모든 것이 협력하여
선을 이루시게
하신다고 하셨습니다.

정신을 차릴 수 없는 순간에도
해답을 얻을 수 없을 때

주님은 우리 속에 역사를
준비하고 계신다고 하셨습니다.

주님은 고통과 어려움에서
우리는 하나님의 계획 속에서 인생입니다.
우리의 삶은
그냥 주어지는 것이 아닙니다.

예수 이름 부르며 사는 인생은
눈물로 뿌린 기도에
주님은 반드시 보상해 주신다고 했습니다.

주님 안에서
우리는 절대 실패가 없는
인생이라고 하셨습니다.

이 세상에 살아가는 동안에
축복해 주시고
은혜받는 삶으로
살아가게 하소서

아무것도 염려하지 말고
오직 모든 일에
기도와 간구로 너희 구할 것을
감사함으로 하나님께 아뢰라
그리하면 모든 지각이 뛰어난
하나님이 그리스도 예수 안에서
너의 마음과 생각을 지키신다고 하셨습니다.

행복한 비움

하나님이
심령이 가난한 자가
복이 있다고 하였습니다.

하나님은
세리의 마음을
요구하십니다.

바로 마음을
비운 사람입니다.

하나님이 주신
은혜에 감사하는
마음을 채울 수 있는
공간이 없는 사람은
하나님의
마음을 채울 수 없습니다.

마음을 비우는 것은
천국을 채울 수 있는
공간이 있는 것입니다.

천국을 얻은 것은
심령에 예수 그리스도가
우리의 마음과 몸을
다스리는 것입니다.

천국은
이 세상에서
존재하는 것이 아닙니다.

오직 성령 안에서
의를 사랑하는 자
하나님을 사랑하는 자의 것입니다.
하나님 안에서
다스림에 속하는 것은
행복이라고 합니다.

생명 있음에 감사하며
은혜받은 자로서 최선을 다해
오늘의 삶을 감당해
나아가길 기도합니다.

행복한 만족

만족은
좋아하는 것을
당당히 하는 것을
만족이라고 합니다.

행복은
만족이라는 단어 속에서
만들어지는 것입니다.

사람은 태어나서
죽을 때까지
3번의 기회가 있다는
속담이 있습니다.

행복은
늘 준비하는 사람에게
기회로 찾아오는 것입니다.

행복은
누구에게나
시련이 찾아오지만
위기를 기회로
바꾸어 나갈 때
진정한 행복의 길로
한 발짝 더 다가가는 것입니다.

지속적인
행복을 유지하기 위하여
지속적인 변화에는 언제나
시련과 위기가 있는 것입니다.

진정으로
세상의 모든 것을
할 수 없는 것이 세상입니다.

행복은
늘 만드는 과정입니다.

인생은 미완성의
과정을 살아가는 것입니다.
순간의 삶이
인생으로 보입니다.

행복에 필요한 조건은
끈기와 인내이기 때문입니다.

행복한 말

창조주가
세상을 만들 때
말로 창조하였습니다.

말에는 씨앗이 있다고 합니다.
씨앗은 생각에서
마음으로 행동으로 변하여
운명을 변화시킵니다.

말은 그냥 하는 것이 아니라
정성스럽게 죽은 단어가 아닌
성장 성숙 변화할 수 있는
살아 있는 말을 사용하는 것입니다.

지옥의 말에는
불안, 우울, 포기, 괴로움, 아픔, 죽음, 악담이
불운의 삶이 지나가기를 바람이지만
기도만 하고 행동하지 않는 것입니다.

천국의 말에는
긍정, 칭찬, 감사, 사랑, 행복, 생명, 은혜, 기쁨이
현실을 행복으로 살아가고 있는 것입니다.

첫인상에서
거의 결정된다고 합니다.
바로 변경할 수 있는 것이 아닙니다.

지속적인 생각에서
무의식적으로
얼굴에 나타나는 것입니다.

세상에서 모든 만남에서
고마워요, 사랑해요, 미안해요, 말속에는
불안에서 행복으로
동행하는 것입니다.

말은
생각에서 시작하고
표정으로 나타나며
행동으로 진행되며
부작용이 전혀 없는 처방으로
운명이며 인생이 되는 것입니다.

칭찬은
고래도 춤추게 한다고 합니다.
인간은 혼자가 아닌
우리 속에서 살아가면서
불안한 세상에서 안정을 찾고
미래의 기대로 힘을 얻습니다.

행복한 목표

우리는 삶의
분명한 목표를
설정하는 것이 필요합니다.

우리는 삶의
목표를 달성하는데
방해되는 문제를
용인하지 말아야 합니다.

그것은
게으름이요
나태함이요
기도만 하면
모든 것을 해결하는 것으로
오해하는 것입니다.

우리는 삶의
근본적인 원인을
찾아내기 위해
문제에 대한 정확한
진단이 필요합니다.

우리의 삶의
문제해결을 위한
계획을 세우는 것입니다.

삶의
계획을 완수하고
성과를 이루기 위해
필요한 것이
무엇인지
실천하는 것이
제일 중요합니다.

삶에
목표에는
우선순위가
반드시 존재하여야 합니다.

이 목표는
괴롭고 어려움과 절망 속에서
당신을 다시 일으키고
당신과 함께
언제나 동행하는 하나님이
함께하기 때문입니다.

행복한 바다

삶은
바다에 있는
배와 같습니다.

바다 위의
배는 풍랑과 싸워
승리하면서 나아갑니다.

사람이 행복하기 위한 조건
교육,
안정된 결혼생활,
금연,
금주,
운동,
알맞은 체중,
고통에 대응하는 능력입니다.

바다 위의
배는 목적지를
향해 달려가는 것입니다.

인생의 삶은
언제나 순풍이 불어오는 것이 아닙니다.

인생의 삶의
광풍이 불어오면 자연에 대해서
사람이 나약하여
낙심과 좌절하며 절망합니다.

우리가
할 수 있는 것은
하나님에게 기도하는 것입니다.

우리의
삶을 인도하시는 분이
바로 하나님입니다.

절망에서 희망으로
낙망에서 희망을
고통 중에서 나음으로
우리 주님은
우리의 인생을 간섭하고 있습니다.

우리는 두려워하지 말고
하나님에게 자녀로서
담대하게 나아가야 합니다.

행복의 방향

행복은
성장의 속도라고 합니다.

행복은
성장의 품질이라고 합니다.

행복은
성장의 크기라고 말합니다.

행복을 위한 성장은
속도와 질과 양의
차이로 크기가 결정되는 것입니다.

지속적인
행복을 위한 방향이 필요합니다.
이끌어 줄 누군가 필요합니다.
믿는 사람은
리더인 하나님입니다.

신자의 삶은
가능한지 불가능한지
걱정하지 말고
하나님이 원하는 방향으로
달려가는 것입니다.

우리의 삶을
하나님이 원하는 방향으로
열심히 끈기 있게
최선을 다하여
오늘의 삶을 살아가는 것입니다.

우리의 삶은
항상 투자한 만큼
주어지는 것입니다.
우리의 삶은
책임감 열정 속도
내적 동기가
위기와 기회가 동시에
선택적으로 존재하는 것입니다.

자신의 삶을 끝까지
책임과 고민의 깊이를
행복이라는 소망에
이르게 하는 것입니다.

어제보다는
오늘 더
성장하는 삶으로
발전하는 것입니다.

행복한 방향

무엇을 위해 사는가?
즉시 대답하는 사람은
많지 않습니다.

사람은 생각과 목표를
꿈의 영역에서
머무르게 합니다.

믿는 사람은
기도하고
행동으로
실천하는 것을 말합니다.

반복이 행동으로 인하여
습관이 형성되어서
마침내 소망으로 도달하는 것으로
믿고 있기 때문입니다.

행복하기 위해서
지식과 지혜를 넓혀가는 과정에서
생각의 그 깊이와 넓이가
점점 깊고 넓어지는 것입니다.

삶에서
가장 행복한 사람은
받는 사랑보다는
주는 사랑이
더욱 큰
사랑이라고 하였습니다.

인생에서 행복을
기부하는 삶이 되기를 기도합니다

오늘 하루도
늘 배움의 자세로
오늘 하루를 살면서

매사에
감사로 시작하고
감사로 마무리하는
하루가 되기를 바랍니다.

생명 있음에 감사하며
은혜받은 자로서 최선을 다해
오늘의 삶을 감당해
나아가길 기도합니다.

행복한 변화

인간은
과거의 시간을
바꿀 수 없습니다.

인간은 언제나 선택의
연속적인 삶을 살아가기 때문에
성장 성숙 변화를 바라며
지금보다는 좀 더 발전된 모습의
미래가 되기를 바랍니다.

세상의
모든 것을 할 수는 없습니다.
삶은 하나를 선택하면
하나를 포기해야 합니다.

시간을 어떻게
사용하는가에 대한 것입니다.
가장 먼저 할 것은
오늘 하루의 삶에서
무의미한 시간을 줄이는 것입니다.

모든 것을 만족할 수 없는 것입니다.
중요성에 따라 구분하고
아깝지만 과감히
버릴 수 있어야 합니다.
잘되는 것을 찾는 것이 아니라
제대로 되지 않는 일을
찾아 변화시키는 것입니다.

변화는 희생을
외면하거나 회피해서
순간적인 것으로
해결할 수 없는 것입니다.

책임감 없는 행동
목적 없는 행동
실천할 수 없는 생각의 행동으로
일으킬 수 없는 것입니다.

오늘의 삶을 잘 알기 위해
열심히 공부하며
의미 있는 삶
높은 가치를 추구하는 삶
나를 벗어나 타인을 향하는 삶
영원한 가치의 삶을 위하여

오늘 이 순간을
최선을 다하는 삶으로 살아가는 것입니다.

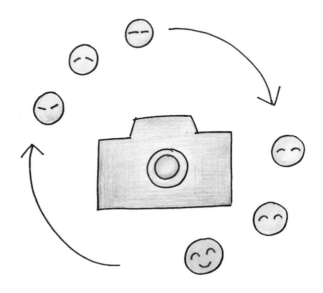

행복의 부

행복으로 가는 길은
성장형 사고방식을
생각하고 실행을 하는 것입니다.

행복으로 가는 길은
내 상황과 맥락을 가지고
집중하여 생업과 본업이
관계되는 독서를 하는 것입니다.

행복으로 가는 길은
본업에 관계되는 책에서
흡수된 정보로
현재 상황에서
최적의 선택을 하는 것입니다.

행복으로 가는 길은
책에서 배움이
나의 삶에 적용하기 위하여
끝까지 읽기보다는
적용 가능한 것을 반복하여 읽는 것입니다.

행복으로 가는 길은
과거의 상황의 한계가
현재는 상황엔 가능하고
현재 불가능 부분은
미래에는 실현할 수 있는 것입니다.

행복은 쟁취하는 것입니다.
쉽고 편안한 방법은 없습니다.
결단력과 추진력이 있어야 한다는 것입니다.

소파에 누워서 시간을 보내고 있으면서
행복을 바라는 것은
당나귀가 바늘구멍을
통과하는 것과 같다고 합니다.

행복의 잘못된 것은
자신의 목적을 이루기 위한 삶에서
삶에서 진정한 가치를 위해
사용할 시간이 없는 것입니다.

행복의 부는
시간을 집중하고 몰입하는 것입니다.
소비를 극도로 절제하는 것입니다.
행복은 시간과 물질의 삶에서
선택과 집중하는 것입니다.

행복한 미래는
현재 삶의 상황에서도
미래의 삶에 시간을 투자한
결단력, 추진력, 노력의
내적 동기의 결과물입니다.

행복한 관계

행복한 삶
좋은 삶이란
무엇인가요

무엇이
건강하고 행복하게
만드는 삶인가요

행복하고 강하게 만드는 것은
부와 명예가 아니라고 합니다.
그것은 좋은 관계입니다.

젊은 시절엔 부와 명성
그리고 높은 성취를 추구하고
좋은 삶을 살 수 있다고
믿습니다.

세상은 우리에게
열심히 일하고
노력하라고 합니다.

진정으로 행복하고
건강하게 만드는 것은
좋은 관계를 시작하고
지속하는 것입니다.

삶의 사회적 연결은
매우 유익하면서 반면에
고독은 모든 것을 파괴합니다.

연결이 가족, 친구, 공동체와
긴밀할수록 연결되어 있을수록
행복이 오랜 시간 유지됩니다.

행복은
관계의 양이 아니라 질이기에
마음을 나눌 수 있는
관계의 사람이 한 명만 있어서
행복할 수 있는 것이 사람입니다.

좋은 관계는
우리 몸과 마음을
행복하게 만들고 기억력도 좋게 합니다.

가장 행복한 사람은
가족과 친구 공동체가
늘 함께하는 삶을 살고 있습니다.

행복의 비밀

인생은
비밀이라고 합니다.
생사화복을 알 수 없는 것이
우리의 인생이라고 합니다.
즉 나의 인생은
나의 것이 아니라는 것입니다.

살아가는 동안에
어떤 사람에게도
어려움과 괴로움이,
힘듦이 없는 인생은 없는 것입니다.

삶에서
눈이 반짝거리는 사람이 있습니다.
요즘은 스마트폰에 의하여
반짝이는 눈은 찾을 수가 없습니다.
생각보다는 눈으로
모든 것을 해결합니다.

마음의 생각이
눈으로 표현될 때
그때의 어려움과 두려움에서
변화 성장과 성숙의 기초가 되는 것입니다.

우리는 자손에게
지킬 때까지 가르쳐야 합니다.
삶이 변화할 때까지 가르쳐야 합니다.
생명이 있는 한 포기는 없는 것입니다.

우리의 인생은
목표를 인식하여 삶을 교정해가며
주님에게 갈 때까지
미완성의 삶을 살아가는 것입니다.

삶의 목표와 수준과 기준을
늘 살아가는 동안에
꾸준히 교정해가는 것입니다.

하나님은
언제나 감당할 수 있는
시험만을 주신다고 생각하는 것이 믿음입니다.
그것이 영광이고 기쁨이며
하나님의 자녀로 살아가는 것이
행복입니다.

행복한 사다리

삶이란 행동할 수 있는
능력의 크기라고 합니다.

삶이란 행동할 수 있는
동기의 크기라고 합니다.

삶이란 행동할 수 있는
환경의 크기라고 합니다.

인간의 뇌는
고통, 불편함, 상실을
회피하려고 한다는 것입니다.

습관적, 자동적 행동을
선호하면서
귀찮아 기존대로 합니다.

불편함이나 고통을
더 강하게 반응합니다.
불편한 건
아무리 좋아도 아니합니다.

삶이란
변화와 선택의 연속이라고 합니다.
삶의 사다리 맨 위에는
우리가 추구하는
목표가 있습니다.

삶의 사다리 가운데에는
실천해야 하는
행동이 있습니다
사람의 사다리 가장 아래에는
행동 실천에 필요한
지지대가 있는 것입니다.

삶의 목표는
왜 이 일을 하는지
정확하게 이해하면
우선순위가 보입니다.

삶의 행동은
능력, 동기, 환경을 고려하며
명확하고 구체적으로
행동하는 것입니다.

삶의 지지대는
행동하기 쉬운 주변 환경을
만들어서 가는 것입니다.

삶은 사다리를
오르고 내리는 과정을
반복하는 것을 인생이라고 합니다.

이 인생을 간섭하고 계신 분이
우리가 믿는 하나님입니다.

행복의 때

생각이 많을 때
그때가
하나님과 동행하는 시간입니다.

생각이 많을 때
그때가
하나님을 찾을 순간입니다.

삶의 무게로 인하여
생각이 많을 때
하나님에게 기도로
드릴 순간 입니다.

하나님의 은혜로
근심이 변화여 찬양 되기를
원망이 변화여 감사가 되고
모든 쓸데없는 생각이 변하여
찬양되기를 기도합니다.

생각이 많은 밤에
하나님께 기도로 아뢰면
하나님은 넘치도록
은혜를 주시는
우리 아바 아버지입니다.

생각이 많은 밤에
염려보다는 기도로
하나님에게 은혜로
우리의 모든 쓸데없는 생각이 사라지고
기쁨의 은혜가 넘치기를 기도합니다.

위기와 고통에서
내 영혼이 깨어서 생각하는 사람으로
번뇌보다는
하나님이 인도자 되심을 믿고
기도하는 삶이 되기를 기도합니다.

생각이 많을 때
예수님의 십자가의 때
하나님의 말씀을 읽을 때
기도할 때
하나님의 자녀가 된 때
은혜받은 시간의 때
감사의 순간입니다.

생명 있음에 감사드리며
은혜받은 자로서 최선을 다해
오늘의 삶을 감당해
나아가길 기도합니다.

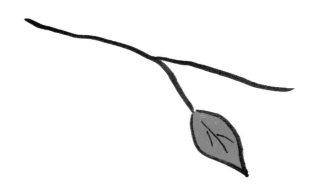

행복의 생명

세상에는
영원한 것은
존재하지 않습니다.

모든 생명은
시작과 끝이
반드시 있습니다.

생명 탄생의 시작은
자신 의지로
시작되는 것이 아닙니다.

자신의 마지막도
자신의 의지로
되는 것이 아닙니다.

우리의 삶은
중간을 살아가는
과정입니다.

지구는 질병으로 인하여
몇 개월 만에
모든 것을 바꾸었습니다.

인간은
어려운 시간을 지날 때
주님을 더욱 찾습니다.

이 시간에
진정으로 소중한 것이
무엇인지 다시

한 번 생각하게 합니다.
사람은
자신이 생각하는 가치에 따라
갈등을 이야기합니다.

우리는 함께
생각과 개념의
변화를 가져와야 합니다.

변화는 서로의 성장에
초점을 맞추어야 합니다.
늘 준비하고 있어야 합니다.
어떤 상황에도 새로운 꿈을
준비해야 하는 희망입니다.

행복한 성공

성공은 실패의
어머니라고 합니다.
어머니 없는
자녀는 이 세상에
존재할 수 없는 것입니다.

성공이란 단어 뒤에는
반드시 수반되는 것이
실패가 있는 것입니다.
그것을 딛고 일어서는 것입니다.

실패의 크기만큼
성공의 크기가 됩니다.

성공은
자신이 알고 있는
그 누구보다 긴 시간을
일할 각오가 필요합니다.

인생에서 로또는 한 번 되지만
지속적이지 않습니다.

성공이란 믿음으로 끈기 있게
계속 준비하는 것입니다.

좁은 길의 그늘을 걷는 동안
집중하는 것입니다.

모든 것을 생각하고
집중하는 시간이 적은 것은
충분히 준비하지 않는다는 것입니다.
이때는 모든 것에 성공할 수 없습니다.

모든 성공에는
집중과 끈기라는 단어가
없이는 불가능합니다.

성공이란
스스로 성공할 수 있다는
확신을 스스로 가지지 못하면
절대로 성공할 수 없는 것입니다.

마음의 생각부터
성공에 있어야 합니다.

성공은 언제나 어떤 마음으로
체력과 끈기와 시간의 양에 따라
달라지는 것이기 때문입니다.

행복한 성숙

믿음은
삶의 실천이라고 합니다.
어린아이 같은 미숙한 삶에서
성숙하는 삶으로 변화되는 것을 말합니다.

하나님이 보시기에
어여쁜 사람은 누구입니까?
한평생 삶에서 복되고 행복한
여생을 보낸 사람인가요?

믿음이라고 하면
주님의 말씀을 믿는 것입니다.
하나님의 말씀대로
성경대로 사는 삶입니다.

너는 마음을 다하고
뜻을 다하여
힘을 다하여
네 하나님 여호와를 사랑하라

네 이웃을
자신과 같이
사랑하라 이것이
여호와 하나님의 말씀이라고 합니다.

사랑하는 삶이란
하나님의 사랑과
내 이웃을 사랑하는 것
십계명으로 살아가는 것입니다.

나를 향하신
하나님의 사랑이
나와 우리의 하나님이 되는 것입니다.

나의 삶을 통하여
나의 하나님이
우리의 하나님이 되어
우리 가운데 있는 것입니다.

예수님은 하나님을 사랑하고
우리를 사랑하셔서
십자가의 죽음으로
그 사랑을 완성하였습니다.

하나님 속에서
성숙한 삶이란
하나님을 사랑하고 이웃을 사랑하는
삶을 살아가는 것입니다.

행복한 성장

사람의 하루는
누구에게나 24시간이
주어지는 것입니다.
세상의 모든 일을 다 할 수 없는
한계에 있는 것입니다.

성장은 마음에
비전의 방향을 가지고
열정과 동기가 부여되어야 합니다.
사람은 극한 상황에서
그것을 극복하는 힘이 있습니다.

성장이라는 것은
언제나 변화가 있는
삶인 것입니다.

이것은 학습입니다.
전문성을 갖춰 깊게 보고
새로운 변화를 잘 알아야 합니다.

늘 성장을 위하여
시간을 들이고 끈기 있게 노력하며
준비하고 있어야 한다는 것입니다.

성장은 도전하는 것이며
의미 있는 일을 책임감으로
생각과 몸을 집중하는 것입니다.

성장은 마음과 몸의
위임이나 방임을 항상 생각해야 합니다.
구체적인 방향과 틀을 만들고
결승점을 설정하고 계속 마음을
지속적인 마음의 생각부터
잘 지키기 위해
노력해야 한다는 것입니다.

이것은 언제나 성장이
전제된 방향과 틀이 되어야 합니다.

성장에는
항상 어렵고 힘든
인생을 살아가는 것입니다.
잠깐 마음의 여유를 가지는 것이
필요합니다.

사람이 할 수 있는
역량만큼 주님이 준다는
믿음으로 성장하는 것입니다.

행복한 신념

세상에서
존재하는 모든
부모들이
어떠한 상황에도
하나님이 자녀를 포기하지 않는 것처럼
자녀를 포기하는 것은 없습니다.

신념으로 살기보다는
하나님에 속한
믿음으로 살기 바랍니다.

신념이란
논리적이고
분석적이고
현실적이고
계산적이고
인간적이지만
자신이 중심인 상태에서는
절대 행복할 수 없습니다.

믿음이란 하나님이
나에게 주신 은혜로
하나님의 생각이고
하나님의 말씀으로
살아가라는 말입니다.

자녀들아
하나님이 피난처 되시는 것을 알고
터널을 지날 때
광야에 있을 때
진정한 행복이 무엇인지
진정한 감사가 무엇인지
생각해야 합니다.
생명이 있으면 언제나 고난이 존재합니다.

고난 속에서도
행복, 사랑, 생명, 소망, 믿음 등은
하나님에게 속한 언어입니다.
하나님만이 나의 피난처이시며
힘이시니
환난 중에 도움을 주시는 분이
바로 하나님입니다.

행복한 믿음

신앙은 세상을 창조하신
하나님을 아버지로
믿는 것입니다.

세상에서는 사망을 부르짖고 있지만
하나님은
영생을 이야기합니다.

세상은 넓고 큰문이 펼쳐져
쉽게 갈 수 있는 길입니다.
하루살이 인생으로 살아가는 것입니다.

신앙은
좁고 작은 문으로
어렵게 살아가는 것을
영원한 인생으로 살아가는 것입니다.

세상의 하루살이 인생은
불을 향해 뛰어드는 불나방과 같습니다.
이 순간밖에 생각하지 않기 때문입니다.
평화도 감사도 행복도 순간밖에 없습니다.

신앙은
오늘을 살아가면서
소명이 있는 것입니다.
세상과 다른 목표가 있는 것입니다.

목표를 향해
변화하기 위하여
성장하기 위하여
성숙하기 위하여

오늘을
하나님의 말씀대로
살아가는 것입니다.

믿는 자에게
영생을 위한
새로운 도전과
새로운 열정으로
오늘의 삶을 살아가는 것입니다.

믿는 자에게
항상 배우기에 힘쓰며
성장이라는 삶을 살아가는 것입니다.

하나님은
언제나 감당할 수 있는
은혜를 주실 것을 믿습니다.

행복한 고통

삶은
언제나 선택의 연속입니다.

인간의
삶은 언제나
성장과 고통이 함께
사이클로 연결되어 있습니다.

고통이 없는
성장은 없다는 것입니다.
즉 성장에는 반드시
고통이 따른다는 것입니다.

대가 없이 주어지는 것은
이 세상에는 없다는 것입니다.
예수님도 우리를 사랑하셔서
가장 소중한 생명을 내어 주신 것입니다.

우리 인생은
언제나 계획된 전략과
시행착오를 통해서
학습하고 축적하며
발전하고 성장했습니다.

우리의 삶은 안정성과 민첩함으로
매일의 삶을 살아가야 합니다.

이것은 생각에서
머무르는 것이 아니라
실천하라는 것입니다.
모든 것은 변화합니다.

늘 선택에서는 상황에 따른
수정과 변화가 되어야 합니다.

인간이 생존하는 것은 언제나 위기처럼
보이는 것이 기회요
기회의 순간이 위기가 되는 것입니다.

우리의 삶은 희망 사항이나 목표나 의지가
아닌 현실을 살아가는 것입니다.

좀 더 구체적이고
명확하게 꾸준히
열심히 살아가는 것입니다.
이 모든 것에 함께 하고
이루시는 분이 하나님입니다.

넘어져도
괜찮다.

문제는 다시 일어날것인지 그대로 주저앉을 것인지에 있다.
- 루즈파 -

행복한 어두움

어두움 속에서
촛불은 소중한 불빛입니다.

아이는
촛불을 보고 신기하다고
손으로 잡으려고 합니다.

뜨거운 맛을 보고 난 후에
촛불은 손으로
만지는 것이 아닌 줄 압니다.

아이는 불에 대한
무지로 인하여
고통을 맛보게 됩니다.

현대는 모든 것을
다 이룰 수 있다고 하면서
진정한 사랑과
진정한 행복이
없는 현대를 살고
있는 것 같습니다.

우리의 믿음이
무지한 신앙에서
머물러 있는 것은
촛불을 잡으려는
순간과 같은 것입니다.

무지에서
벗어나야 합니다.
배움에
열심히 있어야 합니다.
우리의 부족함을
하나님께 구하는 것입니다.

인생은
좋은 일과 나쁜 일이
공존하는 시대에 있습니다.
우리는 행복과 번영과 평화를
하나님께 구하고
하나님이 주신 말씀대로
삶을 살아가야 합니다.

오늘 하루도
생명 있음에 감사하며
은혜받은 자로서 최선을 다해
오늘의 삶을 감당해
나아가길 기도합니다.

행복한 부모

사람은 태어난 뒤
울면서 생명을 유지하면서
한 생애를 살아갑니다.

항상 선택이 있습니다.
어려서부터는 부모에게
모든 염려를 맡기고
자신은 왕처럼
부모를 노예처럼 생각합니다.

어느 정도 시간이
생각이 있으면
자신의 결정이 최고인 것 같이
부모님는 아무것도 모르는
바보 멍청이로 취급합니다.

결혼할 나이가 되면
자신의 결정에 책임을 져야 하는데
지금까지 살아온
자신 인생을 다른 사람과 비교하며
부모 탓을 하기 시작합니다.

시간이 흘러 자신이 부모 되었을 때
그때 우리 부모가 최선의 삶을
살았는지 자신이 할 수 있는
최선의 결정을 내리는지, 최선의 삶을
살고 있는지 아직 모릅니다.

자녀가 결혼할 시기가 되면
그때 부모님는
자신의 마지막 최선을 다합니다.

조금 남아 있는 기름으로
마지막이라 조금이라도
자녀들의 앞길을 비추어주기 위해
마지막 심지가 타들어 가도록
최후까지 어버이는 등불이 되는 것입니다.

하나님께 가는 순간에도
어버이는 자녀를 염려합니다.
자신의 삶과 같이 살지 말라고
인생은 자신이 없는 삶을 살아가는 것입니다.

부모님의 늙은 몸과 마음이
끝까지 버티고 있는 등불과 같습니다.
최후까지도 자식을 위해 기도합니다.
오늘은 부모와 자녀를 동시에
생각하는 하루가 되길 바랍니다.

행복한 역사

인간이 순간을 살아가는 삶이
인생이 되고 역사가 되는 것입니다.

순간부터 현재와 미래에서도
역사는 시작한 생존이라는
씨앗에서 시작되는 것입니다.

언제나 그랬듯
주변 환경을 이기고 사물의 이치를
이해하는 종만이 살아남아
역사를 만들고 있는 것입니다.

인간과 신의 영역이
연결된 삶에서
사람은 행복할 수 있는 것입니다.

사람의 가치는
의미, 이유, 목적의식,
사명감이나 비전이나 꿈 등을 통해서만이
행복으로 들어갈 수 있습니다.

사람은 동물적인 쾌락보다 높은 차원의
사랑, 고마움, 인정받는 삶, 친근함이
언제부터 어디서 시작되었는지
이때의 감사가 행복에 시작입니다.

역사는 문제를
해결하는 과정이라고 합니다.

삶이란 나의 부족한 부분을 다른 누군가가 채워주고
나는 다른 누군가를 위해 존재하여야만
인정받는 삶이 되며 순간부터
존재의 의미가 있으며
감사할 수 있는 것입니다.

생명, 고통의 삶, 죽음은
누구에게나 존재하는 삶이기에
원망이나 고통이나 좌절보다는
현재 순간의 삶을 좀 더
가치 있게 사용하라는 것입니다.

오늘의 삶을 외면하거나
회피하거나 도망가는 것이 아니라

오늘 주어진 나의 삶을
당당히 맞서서 싸우고
이기고 승리하는 삶이 되어야 합니다.

행복한 인생

하나님이
세상을 이처럼 사랑하사
독생자를 주셨으니
이는 그를 믿는 자마다
멸망하지 않고
영생을 얻게 하려 하심이라

주님은 이 세상은
잠깐 머무르는 공간이라고
이야기하십니다.

이 세상은 순식간에 지나간다고 하십니다.
이것이 인생이라고 하십니다.

하나님은 사람이 살아가는 동안에
자신을 중심으로 살다가 죽는 것을
많이 안타까워합니다.

하나님은
죽음이 끝이 아니며
영원한 생명을 이야기합니다.

우리는 삶의 무게로
고단하고, 괴로워서
죽고 싶다고 탄식하고 있는 순간에
주님은 멸망 속에서
영생으로 인도하시며
독생자를 주신 것입니다.

우리의 인생은
나의 중심 인생에서
하나님의 중심 인생으로
변화된 인생이길 기도합니다.

이 세상은
영원한 것과
영생한 것은 없습니다.

하나님은 이야기하십니다.
나를 믿기만 하면
천국을 소유하는 것이라고 하십니다.

멸망에서 영생으로
소명의 인생으로
축복받은 인생으로
하나님께 매인 인생으로
삶이 어렵고 힘들어도
최후 승리 이길 힘을
주님이 주신다고 하십니다.

행복한 관계

행복한 삶
좋은 삶이란
무엇인가요

무엇이
건강하고 행복하게
만드는 삶인가요

행복하고 강하게 만드는 것은
부와 명예가 아니라고 합니다.
그것은 좋은 관계입니다.

젊은 시절엔 부와 명성
그리고 높은 성취를 추구하고
좋은 삶을 살 수 있다고
믿습니다.

세상은 우리에게
열심히 일하고
노력하라고 합니다.

진정으로 행복하고
건강하게 만드는 것은
좋은 관계가 시작되고
지속적입니다.

삶의 사회적 연결은
매우 유익하지만
고독은 모든 것을 파괴합니다.

가족, 친구, 공동체와
긴밀하게 연결되어 있을수록
행복이 오랜 시간 유지됩니다.

행복은
관계의 양이 아니라 품질입니다.
마음을 나눌 수 있는
관계의 사람이 한 명만 있어도
행복할 수 있는 것이 사람입니다.

행복하고 좋은 관계는
우리 몸과 마음을
행복하게 만들고 기억력도 좋게 합니다.

가장 행복한 사람은
가족과 친구 공동체가
늘 함께하는 삶을 사는 인생입니다.

행복과 은혜

노력이 성공을
보장해주는 것은 아닙니다.
하지만 노력하지 않으면
성공할 수 없다는 것은 확실하다는 것입니다.

세상은 움직이는 것이기에
흘러가지 않은 물은 썩게 되고
흘러가지 않은 감사, 행복은
영향력을 상실하게 됩니다.

고통과 짐은
나눌수록 가벼워지고
감사 행복 삶은
나눌수록 풍성해지는 것입니다.

삶에서 감사와 행복이
장맛비와 같이 잠깐 요란하게
보이고 사라지는 것이
아니기를 바랍니다.

삶에서 감사와 행복이
이슬비와 같이 오는 것인지
느끼지도 못하지만
지속적인 생명을 불어넣는 것이기를 바랍니다.

꽉 찬 인생보다는
무엇이든지 담을 수 있는
반만 채워진 삶으로
오늘 하루도 채우고 있는 삶이 되길 바랍니다.

인생을
비워져 가는 삶을 살 것인지?
채워져 지는 삶을 살 것인지?
선택은 오직 자신만이 할 수 있는 것입니다.

대 유행병 시대 살아가는 삶이
힘들고 버겁고 어렵고 두렵지만
창조주의 은혜 가운데
감사, 행복, 삶으로 승리하기를 바랍니다.

삶을 욕망, 태만, 쾌락을 위하여
허망하고 무의미하게 사라지는 삶이 아니라
좀 더 배우며 가치 있는 인생으로
오늘을 살아가는 삶이 되기를 기도합니다.

지금은 손안에 세상이 있다고 합니다.
배우고 노력하며 지혜롭지 않으면
전원을 켜지 않고 배터리를 충전시키지 않은
스마트폰은 가지고 있는 것입니다.

행복과 기적

삶에서
인간으로 살아간다는 것은
바라고 갈망하는 것은
기적인 것 같습니다.

어머니 배속에 잉태의 시작이 기적이기에
최선을 다해 진지하게 살아가는 것이며
세상 풍조와 돈의 논리가 사명이 아니라
감사와 행복의 삶이 되기를 바랍니다.

사명으로 사는 것은
시간에 흐름에 따라 기쁨보다는
좌절과 지침에서 남는 원망이 크기에
진정한 삶은 성장, 변화, 성숙에서 찾는 것입니다.

진정한 기적은
오늘을 살아가고 있는 삶이
역사로 만들어지고 있는 것이기에
고난과 원망이나 절망에서 살아남는 것입니다.

진정한 기적은
증오, 원망이나 절망에서
그 순간을 견디고 뛰어넘어
영광의 자리로 들어갈 수 있도록 버티는 것입니다.

진정한 기적은
부족한 것을 느끼는 순간부터
후회나 변명으로 회피하는 것이 아니라
무엇이든 담을 수 있다는 가능성에 감사하는 것입니다.

진정한 기적은
지금 죽지 않고 움직일 수 있다는 것이며
변화 성장 성숙으로 채울 수 있다는 것이기에
오늘의 아침이 기다려지는 이유입니다.

진정한 기적은 그냥 주는 선물이 아니라
공부하고 도전하고 고난과 어려움을 통하여
진정한 삶의 가치를 알아가는 과정에서
존재가 감사이기에 행복의 길인 것입니다.

생명 있음에 감사드리며
은혜받은 자로서 최선을 다해
오늘의 삶을 감당해
나아가길 기도합니다.

행복과 의미

선조의 극복하는 삶이 습성이 되어
부정할 수 없는 나의 기질이 되고
한정된 시공간에서 어떤 누구도
생존과 번영을 위한 최선을 살아가는데

삶을 순간이라는 시간 속에서
언제 멈출 것인가?
계속 갈 것인가?
지속적인 선택을 요구하는 것이 삶입니다.

삶이 누구에게나
간절하고 어렵고 힘든 것은
정신적 물리적 환경은 늘 변하기에
똑같은 인생이 없기 때문입니다.

가장 가까운 관계인 가족 사이에도
각자 상황의 위치에 따라
정해진 것이 아니라 달라서
항상 변화하기 때문입니다.

나와 관계의 인생이기에
나는 그냥 있는 것이 아니라
잉태부터 시작된 존재이므로
살아가는 이유가 충분하다는 것입니다.

큰 변화는 누구도 자유로울 수 없는
긴 터널을 지나는 순간에
기회와 도전으로 보낼 것인지?
좌절이나 절망으로 손 놓고 있을 것인지?
우리는 선택해야 합니다.

나를 살리거나 죽이는 것은
남이 아닌 내가 결정한다는 것이기에
상황이나 환경이 아니라
삶의 의미의 강도가 결정하는 것입니다.

나의 하루를
감사, 믿음, 소망, 행복, 신뢰를 채운다면
그대로 됩니다.
그대로 됩니다.

나의 하루를
에라 모르겠어 나 이제 죽어
너무 두렵고 무서워서 포기하려고 생각한다면
그대로 됩니다.

삶은 언제나
환경이나 상황이 아니라 의미이기에
오늘을 살아가는 것이 행복한 것은
고정이 아니라 변화할 수 있다는 희망 때문입니다.

행복과 소명

삶은 고정된 것이 아니라
항상 변화에 대한 선택을 요구하며
그것을 대하는 자세는 내가 결정하고
책임의 결과로 오늘을 살아가는 것입니다.

살아가면서
"부자가 천국을 들어가는 것은
낙타가 바늘구멍에 들어가기보다 어렵다"고 합니다.
소유는 삶을 풍성하게 하거나 망가트립니다.

소유물의 유무와 상관없이
존재 자체가 의미가 있는 것이며
그냥이라는 것이 아니라 모든 것은
누구에게나 소명이 있다는 것입니다.

희극과 비극 사이는
고정이 아니라 변화하기에
고난의 긴 터널을 지날 때
견디고 버티는 인내와 소명이 필요한 것입니다.

어렵고 힘들고 고난의 시간 속에서
희망으로 살아갈 수 있는 것은
"이 또한 지나가리라."
언제나 고정이 아닌 변화이기에 희망입니다.

변화와 선택의 연속이기에
살아 움직일 수 있다면 기회가 있기에
결과에는 반드시 원인이 수반되지만
상황은 태도가 결정한다는 것입니다.

세상이 영원할 수 없는 것은
인생은 문제를 해결하는 과정이 삶이기에
맞이하는 나의 마음가짐의 태도에서
천국이거나 지옥에 있는 것입니다.

펜데믹 시대의 삶에서
숨 쉬고 있다는 하나의 이유만으로도
충분한 가치를 가지고 있기에
충실히 견디며 살아가는 것입니다.

펜데믹 이전의 소명은
특별한 사람에게만 주는 선물이 아니라
살아있다는 것 자체가 소명이기에
충실하게 오늘을 살아가는 것이 행복입니다.

빵으로만 사는 것이 아니라
감사 행복 소망이 한순간도
멈출 수 없는 심장과 같이
설래임과 뜨거움의 오늘을 살아가길 바랍니다.

행복은

행복은 바꾸어야 하기에
뭔가를 바꿔나갈 때
의심하거나 망설이기 전에
행동으로 옮기는 것을 먼저 합니다.

행복은 선택하여야 하기에
뭔가를 선택하면
모든 것을 다 가지고 가는 것이 아니라
선택하면 집중한다는 것입니다.

행복은 버려야 하기에
무언인가를 버릴 때
소중한 것을 구분할 줄 아는
지혜가 필요한 것입니다.

행복은 변화하기에
무언인가를 변화할 때
어렵고 힘든 것을 참고
인내가 필요한 것입니다.

행복은 시작이기에
무엇인가를 시작할 때
시작의 시기는
지금입니다.

행복은 가치를 만들기에
무엇인가를 가치로 만들 때
나보다는 우리의 행복이
더 가치가 있습니다.

행복은 감사를 만들기에
무엇인가를 감사할 때

존재하는 것만으로도
충분히 감사할 수 있는 것입니다.

행복은
비교하거나, 포기하거나
두려워하지 않는 것이며
도움을 주는 삶이 더 행복합니다.

생명 있음에 감사하며
은혜받은 자로서 최선을 다해
오늘의 삶을 감당해
나아가길 기도합니다.

행복과 사랑

사랑은 무조건 주는 것이 아니라
진정한 사랑은
너와 내가 아닌
우리가 함께 성장을 지속하는 것입니다.

사랑이 어려운 것은
언제나 생존의 문제이기에
언제나 고정이 아닌 변화이기에
지속적인 최선의 노력 이외에는 답이 없습니다.

사랑이 가슴 떨리는 것은
언제나 기대에 대한
갈망이거나 욕구이기에
성장, 성숙을 바라기 때문입니다.

행복은
사랑, 성장, 기대 속에서
도달할 수 있는 것이게
언제나 계속 알아가는 과정입니다.

생명 있음에 감사하며
은혜받은 자로서 최선을 다해
오늘의 삶을 감당해
나아가길 기도합니다.

행복과 벽

상처 난 부분을 이기려고
시름을 통해서
진주가 탄생한다고 합니다.

벽의 높이와 크기만큼
기회를 더 많이 준 것이기에
비전을 향한 삶입니다.

우리의 삶은
늘 죽겠다는 것을 일상으로 사용하고
기뻐서 죽고 슬퍼서 죽고 언제나 죽습니다.

죽는다는 것은 결론이 우울한 것이기에
희망이나 기대가 없는 삶에서의
생각의 전환이 필요합니다.

까마득한 세상이나 가슴 답답한 세상
그만큼 내가 할 일이 있다는 것이며
실패와 절망이 절대 쓸데없는 것이 아니라는 것입니다.

우리의 삶은
의심과 고난과 불평의 재료에서
작품을 만들어야 합니다.

삶은 언제나 우리에게
고난과 도전을 던져주기에
그것이 빠진 인생은 존재하지 않습니다.

삶이 한 알의 밀알과 같은 것이기에
그대로 있으면 의미가 없습니다.
썩어져야 새로운 꽃을 피우는 것과 같습니다.

삶이 누구에게나
그냥이라는 것이 없기에
꿈을 만드는 것이며 목표를 정하는 것입니다.

죽지 않고 살아 있기에
불안과 두려움에 살얼음판을 걷는 것이지만
그 속에서 행복을 찾고 도전을 찾는 것이 인생입니다.

좌절과 절망에서 기어이 살아서
영광의 자리로 부끄럽지 않은 인생으로
살아가기를 간절히 기도합니다.

생명 있음에 감사하며
은혜받은 자로서 최선을 다해
오늘의 삶을 감당해
나아가길 기도합니다.

행복과 자유

살아간다는 것은
누구에게나 터널이 있지만
터널이 좌절이 아니라
기회가 되기를 바랍니다.

살아간다는 것은
사람이라면 피하고 싶고
회피하고 싶은 것이 현실이지만
그 속에서 기대와 미래를 찾는 것입니다.

살아간다는 것은
편안함 속에서는
감탄하고 감사하는 삶을
찾기가 어렵다고 합니다.

살아간다는 것은
경험한 적 없는 위기 가운데
이걸 통해 깨닫고 회개하며 열매 맺는 삶을
행복한 진짜의 삶으로 살기 원합니다.

살아간다는 것은
위기의 때가
좌절로 인한 분노가 아닌
더 큰 그림을 그리는 기회이기 바랍니다.

살아간다는 것은
위기의 때에
살아 있음은
절망이 아니라 희망입니다.

살아간다는 것은
위기의 때에
몸과 마음이 반드시 골짜기를 지나고 나서
새로운 산을 향해 올라갈 수 있는 때입니다.

살아간다는 것은
위대한 삶이나 거룩한 삶보다
오늘 주어진 이 시간을
최선으로 열심히 살아가는 것이 행복입니다.

살아간다는 것은
광야나 터널이 없는 인생이 없기에
불안이나 두려움의 절망이 아니라
감사와 행복과 삶의 기회로 승화시켜야 합니다.

생명 있음에 감사하며
은혜받은 자로서 최선을 다해
오늘의 삶을 감당해
나아가길 기도합니다.

행복과 추억

누구에게나
살아온 만큼
추억이 있지만
기억하지 못할 뿐입니다.

누구에게나
살아온 만큼
마음의 태도가 과거가 되어
오늘의 나로 존재하며 살게 만듭니다.

누구에게나
살아온 만큼
사랑하며 행복했던 것이
하나라도 있다면 살아가는 이유가 됩니다.

누구에게나
살아있다는 것은
변화하는 것이며
나도 끊임없이 움직인다는 것입니다.

누구에게나
시작이 있다면 끝이 있다는 것이며
끝은 끝이 아니라
시작이라는 것을 아는 것이 중요합니다.

누구에게나
살아가는 것은
선택하고 결정하였다면
몸으로 수고나 노력이 동반하는 것입니다.

누구에게나
살아간다는 것은
소유가 인생의 목적이 아니라
삶의 도구라는 것입니다.

누구에게나
시간은 한정되어 있기에
인생과 인격으로
무엇을 위해 살 것인지 고민하게 됩니다.

누구에게나
꿈은 있기에
꿈을 향해 응원하고 동행하며
가치를 만들어 가는 것입니다.

생명 있음에 감사하며
은혜받은 자로서 최선을 다해
오늘의 삶을 감당해
나아가길 기도합니다.

행복과 관계

관계로 이루어진 삶에서
나를 찾아가는 과정이
인생이라고 합니다.

존재하는 모든 관계는
나를 제외하고는
의미가 없다는 것입니다.

관계는 고정이 아닌 변화이기에
무엇하나 고정된 것은
존재하지 않는 것이 현실입니다.

관계는 움직인다는 것이며
살아있다는 존재 이유만으로도
더 이상의 최고 감사 이유를 찾지 못하는 것입니다.

관계한다는 것은
균형을 갖추는 것이며
고통을 통해 유지한다는 것입니다.

관계한다는 것은
날아오르는 때가 있으면
반드시 내려 올 때가 있다는 것입니다.

모든 것을 사랑할 수 있지만
지금 나와 손잡고 있는 것에
보고 만지고 느낄 수 있는 것에 집중하면
감사와 행복의 삶을 풍요롭게 하는 것입니다.

관계는 유기체이기에
내가 맞이하는 태도에서부터
상황의 시각은 변화한다는 것입니다.

내 영혼이 지치고 피곤할 때
거친 풍랑이 나를 덮쳐와도
아직 살아있다는 것은 기회가 있다는 것입니다.

지금 초라해 보일지라도
지금 고독의 자리에 있을지라도
산 넘어 산을 바라볼 기회입니다.

관계는
존재와 성장이 균형과 조화를 이룰 때
감사, 사랑, 행복 속에서 영원할 수 있습니다.

생명 있음에 감사하며
은혜받은 자로서 최선을 다해
오늘의 삶을 감당해
나아가길 기도합니다.

행복과 교감

삶이 오감을 통해
사람과 사람 사이에
사람과 물질 사이에
교감을 통한 신뢰로 살아갑니다.

유행병은 인류의 오만 년 역사의
기준을 바꾸는 뉴노멀 시대로
10개월에 변화가 아닌 변경이 되어
5000년의 삶의 개념을 무너트렸습니다.

지구의 오만 년 역사에서
인간은 확장하고 끊임없이 성장하여
조화보다는 무분별한 소비로
욕구가 아닌 욕망으로 살았습니다.

과거에도 그렇듯이
지금도 과거로 돌아갈 수 없기에
오감을 통한 인간다움의 우리와 함께 단어는
현재와 미래에 영원히 존재하는 단어이길 바랍니다.

사람은 오천 년 역사를 통해
불안전에서 안전으로 가는 삶이기에
생명 앞에서는 누구나 자유로운 존재는 없기에
2m의 사랑과 디지털 사랑이 채워지는 삶이 두렵습니다.

교감을 통한 믿음과 소망과 사랑 속에서
행복과 감사와 축복의 기쁨이 되는 삶이
영원하기를 바라며 기도했지만
순간보다도 빠르게 혼란에 빠뜨렸습니다.

산이 있다면 골짜기도 존재하기에
골짜기는 포기가 아니라
아직 살아 있기에 부흥하는 것이며
현명하게 분별하며 살아 숨 쉬는 것입니다.

우리는 뉴노멀 시대는
순간의 터널과 광야를 지나야 하기에
무기력에서 벗어나서 갈망하며
소명을 가지는 오늘을 살아가는 것입니다.

사랑, 믿음, 소망, 기쁨, 행복, 감사가
가족, 우리, 함께, 축복, 영광, 은혜가
인연, 선물, 만남, 내 생애 이처럼 아름다운 단어를
과거 산물이 아닌 오늘과 미래에 사용되는
삶이 되기를 기도합니다.

생명 있음에 감사하며
은혜받은 자로서 최선을 다해
오늘의 삶을 감당해
나아가길 기도합니다.

행복과 계절

봄은
대지와 당신의 가슴에
꿈을 꾸는 당신을 응원합니다.

여름은
뜨거운 태양 빛과
폭포수 같은 장마가 힘들게 하지만
그 속에서 희망과 소망을 만듭니다.

가을은
봄과 여름이 지난 후
푸른 하늘과 나무와 꽃들이
치장하고 나를 반깁니다.

겨울은
바람이 많이 불고
매서운 겨울은
봄을 소망하며 버티고 견디는 것입니다.

시간은
나의 의사와 상관없이 흘러갑니다.
어려움과 낙담과 시련 가운데
기쁨과 행복과 소망 가운데

시간을 대하는
나의 마음 태도의 동기가
과거의 추억으로 돌아갈지
미래의 행복을 향할지 결정하는 것입니다.

나의 35년 전의 20대로 돌아간다면
나는 누구보다도 열심히
걱정과 염려의 시간을 아낄 것입니다.

시간은 기회이기에
감사, 행복, 삶에 대해
믿음, 소망, 사랑에 대해
최선을 다해서 후회를 적은 인생을 살 것입니다.

생명 있음에 감사하며
은혜받은 자로서 최선을 다해
오늘의 삶을 감당해
나아가길 기도합니다.

행복과 사랑

주어진 날들을
아끼고 사랑하며
함께 하면서 서로에게
힘이 되어 주는 삶이 되기를 기도합니다.

사랑할 수 있는 시간은
누구에게나 한정되어 있기에
항상 열심히 달려가는 것도 좋겠지만
잠깐 쉬었다가 추억의 시간이
더욱 미래를 소망을 갖게 합니다.

행복은 용기가 필요한 것입니다.
행복은 그냥 주어지는 선물이 아니라
당신이 몸과 마음으로 움직일 때
동기가 되고 소망이 되어 주어지기에
사랑할 때 사랑하는 것이 좋습니다.

행복은 소망과 꿈을 함께 꾸는 것이기에
혼자가 아닌 우리로 사랑할 수 있기에
자신을 진정으로 사랑할 수 있는 사람일 때
우리도 사랑할 수 있는 사람이 되는 것입니다.

진정한 사랑과 행복은
꿈을 같이 꾸는 것이요
광야 길이나 긴 터널을 지날 때
살아 있음에 감사하고 소망을 두고
기도하면 염려가 사라집니다.

오래 사랑을 하고 싶다면
살아 있어도 건강해야 합니다.
마음에는 뜨거운 심장과
몸에는 강인함으로 유지하고
사랑하는 사람으로 곁에 있는 것입니다.

사랑은 언제나 위기와 갈등, 아픔의 밭에서
버티고 참고 서로에게 위로하며 인내하고
조급하거나 불안한 마음을 넘어 소망을 두고
자신을 사랑하고 돌보며 살아가는 것이
감사할 때 사랑하고 행복할 수 있는 것입니다.

건강도 대신할 수 없고
행복도 대신할 수 없고
감사도 대신할 수 없고
삶도 대신할 수 없고
대신할 수 없는 것에 최선을 다하는 삶이
축복으로 향하는 인생을 살아가는 것입니다.

행복과 실행

살아간다는 것은
어떤 환경이나 상황보다
지금 만남에 집중하는 것입니다.
세상을 바꾸는 것은 어렵지만
나의 변화는 나의 영역이기에
그것만으로도 행복의 충분조건입니다.

살아간다는 것은
자신이 원하지 않아도
절규하고 회피하고 싶어도
기억에 저장되어
영원한 과거이며 현재이고 미래입니다.

누구도 대신할 수 없는 삶은
어떤 조건이나 상황이나 나이 문제가 아니라
태도의 문제이기에
재앙의 구덩이에 넣는 것도 나요.
평화와 축복의 길로 인도하는 것도 나입니다.

살아간다는 것은
감사하고 주변 사람에게
희망을 주며 살아갈 때
감사와 소망을 두고
행복으로 가는 첫걸음입니다.

살아간다는 것은
내가 주변에 울타리 되어 주고
주변이 나의 울타리가 되어 함께 갈 때
성장 속에 행복을 더욱 꽃피우는 것입니다.

살아간다는 것은
작은 것으로부터 시작하여
점진적으로 나아가는 것이기에
즐거움을 찾고 더불어 참여하여
의미 있게 삶을 살아가는 것입니다.

삶은 경쟁이고 위험에 노출되어 있지만
어떤 상황도 피하거나 숨는 것으로
해결되는 것은 하나도 없기에
움직일 수 있을 때 감사하고
할 수 있는 것만으로도 실행하는 것입니다.

지금 생명이 있어서
무엇이든 할 수 있다는 그 차제만으로도
충분한 감사와 시작 조건이기에
그 누구도 나를 대신할 수 없는
나의 시간, 행복, 삶을 쓰레기처럼
버리거나 낭비하거나 후회하지 마십시오.

행복과 선물

오늘은 선물입니다.
살아 숨 쉬고 있기에
과거를 돌아보며 현재를 살고
미래를 마음속에 그려보고 소명을 갖고
계획한 것을 실행하는 시간입니다.

오늘은 선물입니다.
크기나 모양이나 같은 것이 없기에
비교가 아니라 다름을 인정할 때
감사와 희망이 있는 것입니다.

오늘은 선물입니다.
언제나 기다리거나
머무르지도 않고 저장할 수도 없고
정차도 하지 않고 그냥 계속 갑니다.

오늘은 선물입니다.
어떤 때에는 희망을 주고
어떤 때에는 절망을 주고
언제나 변덕쟁이입니다.

오늘은 선물입니다.
시간은 태초부터 시작되어
지금까지 흐르고 미래로 흘러갑니다.
공간을 사는 것이 인생입니다.

오늘은 선물입니다.
염려하고 근심하고 걱정으로
오늘을 살기에는 너무나 아까워서
안타까움에 가슴이 울고 있습니다.

오늘은 선물입니다.
헤어짐과 이별은 아쉬움과 아픔을 주고
만남에서 기쁨을 통해 행복을 얻고
헤어짐은 혼자이고 만남은 우리입니다.

오늘은 선물입니다.
이 순간에 집중하고 소망을 갖고
염려보다는 기도하며 행함으로
오늘을 살고 이겨내서
승리하는 삶을 살아가는 것입니다.

생명 있음에 감사하며
은혜받은 자로서 최선을 다해
오늘의 삶을 감당해
나아가길 기도합니다.

행복과 삶

처음 시작부터
함께 할 것이라는
믿음으로 살고 있습니다.

내 편이라는 믿음은
불안에서 안정으로
인도할 것으로 기도했습니다.

서로 대화하는 방식이 달라도
화를 내기 앞서서
이해하는 마음으로 다가갑니다.

살아간다는 것은
어려움과 두려움에서
편안과 안전을 찾는 것입니다.

삶은
열등감이나 체념이 아니라
책임지고 감당하는 것입니다.

누구에게나 처음 가는 길은
책임지고 대신 살아 주는
그런 인생은 없다는 것입니다.

만남은 사랑이 있고
헤어짐은 아쉬움이 있지만
그것을 통해 점점 깊어가는 것입니다.

행복을 원한다면
평안과 안전을 위해 기도하지 말고
어려움을 이겨낼 강인함에 기도하는 것입니다.

오늘을 살아가는 당신은
누구도 대신할 수 없는 인생이기에
순간에 대해 최선으로 대하는 것입니다.

삶의 동기는
당신을 몰입으로 이끌고
행복을 선물로 주는 것입니다.

세상을 바꾸는 것이 아니라
내 생각을 바꾸고
행동하는 것입니다.

오늘을 살아가는데
성공을 위한 삶은 순간 행복이고
성장을 위한 삶은 영원한 행복입니다.

행복과 꿈

살아간다는 것은
누구에게 형편과 상황에
맞추어서
그 삶을 견디는 것을 말합니다.

삶아간다는 것은
생존이나 생계의
문제를 넘어서
고통이나 만족의 차원입니다.

결정된 삶에는
선택도 없고 책임도 없지만
우리는 선택하고 책임지며 살아가기에
성장, 성숙, 변화가 존재하기에 행복한 것입니다.

삶은 항상 선택과 결정을 요구하기에
삶의 기준과 방향을 향하여
참고 견디는 수고와 인내 뒤에
기쁨과 행복이 있는 것입니다.

인생에서
훌륭해진다는 것은
그 무게를 참고 견디고
오늘을 살아가는 것입니다.

시간은 누구에게나
부족하지도 않고
넘치지도 않습니다만
사용과 채움에 따라 달라지는 것입니다.

피하고 싶고
도망치고 싶은 것이 현실이지만
불행이나 좌절 속에서
성장과 만족과 감사의 보물을 찾는 것입니다.

생명 있음에 감사하며
은혜받은 자로서 최선을 다해
오늘의 삶을 감당해
나아가길 기도합니다.

행복과 사라짐

삶은 생명이 있을 때
존재하는 단어이고
시작이 있다면
끝이 존재한다는 것입니다.

삶은 결정된 것이 아니기에
불확실한 미래에 대한
공포는 영원히
사라질 수 없는 것입니다.

이 세상에서는 영원한 것이
존재하지 않고
불완전함을 인정할 때
기회와 성장이 있는 것입니다.

세상의 불완전함은
끊임없이 경고와 위협을 주고
끊임없이 희망을 품게 하고
소망을 갖게 하는 것입니다.

삶에서 규정과 규칙이 없고
나만 있을 뿐
우리가 존재하지 않는 곳을
지옥이라고 표현합니다.

삶에서 대신해 줄 수 없는 것
생명, 건강, 삶, 생각 등 사람에게 속한 것
이것은 과거로 돌아갈 수도 없고
현재와 미래를 살아갈 뿐입니다.

모든 것은
존재 이유가 없으면 살아집니다.
사람도 살아가는 이유가 없어지면
살아지는 것입니다.
삶의 가치와 소망과 희망이 없으면
동물적인 감각으로 살아가는 것입니다.

인간다움이란
삶의 가치를 만드는 것입니다.
나에게서 우리로 향할 때
믿음, 소망, 사랑, 속에서
감사와 기쁨을 맞이할 수 있는 것입니다.

생명 있음에 감사하며
은혜받은 자로서 최선을 다해
오늘의 삶을 감당해
나아가길 기도합니다.

행복과 기적

삶은
과거에서 지금까지
순간을 살아가며
기적이라고 말합니다.

사람의 생명은
공기가 없는 공간에서
한계는 몇 분 안에
모든 것을 사라지게 합니다.

꿈과 목표가 없고
열정이 없다면
감사가 없기에
행복과 만족도 없는 것입니다.

생명이란
불안전과 염려에서
살아도 죽어도
완전한 만족은 없다는 것입니다.

행복은
남들이 주는 것이 아니라
성장 속에서
감사로 시작하는 것입니다.

행복은
당당함과 자신감이
당신을 빛나게 할 것입니다.

행복은
마음의 태도에서
시작하는 것입니다.

행복은
자신의 무게를
견딜 때 찾아오는
기적의 선물입니다.

생명 있음에 감사하며
은혜받은 자로서 최선을 다해
오늘의 삶을 감당해
나아가길 기도합니다.

행복과 감사

살아 있어서
감사입니다.

감사가 있어서
행복입니다.

행복이 있어서
기쁨입니다.

기쁨이 있어서
우리입니다.

우리가 있어서
은혜입니다.

은혜가 있어서
힘든 길을 갑니다.

힘든 길이 있어서
동행입니다.

동행이 있어서
만남입니다.

만남이 있어서
소망입니다.

소망이 있어서
삶입니다.

삶은
감사입니다.

생명 있음에 감사하며
은혜받은 자로서 최선을 다해
오늘의 삶을 감당해
나아가길 기도합니다.

행복과 발견

삶은
각자의 자리에서
부지런히 열심히 살아가는 것을
인생이라고 합니다.

삶은
완전한 것이 아니라
나약하고 부족한 존재임을
앎에서 감사가 있는 것입니다.

삶은
나의 기준의 삶이 아니라
창조주의 기준의 삶을
살아갈 때 축복입니다.

삶은
부모와 자녀의 삶은
축복이며
은혜입니다.

삶은
끊임없이 기다려주며
영원한 사랑을 주는 것이기에
인내가 필요한 것입니다.

삶은
흔들리고 넘어지지만
생각과 뜻을 변치 않는
진리 속에서 영혼이 안전한 것입니다.

삶은
무지에서 앎으로
성장, 성숙, 변화의 길을 걷고 있을 때
더욱 큰 감사와 기쁨이 있는 것입니다.

삶은
몸과 마음과 뜻을 다하여
나와 내 이웃을 사랑하면서
사랑과 믿음과 소망의 길을 걷고 있는 것입니다.

삶은
항상 기뻐하며
쉬지 말고 기도하며
범사에 감사하는 것입니다.

삶은
마음 가는 데로 움직이기에
걱정으로 멈추지 않고
장애물을 넘어서 목적지로 행해
계속 꾸준히 걸어가는 것입니다.

삶은
시작은 순서가 있지만
끝은 순서가 없기에
오늘이 마지막 삶처럼
소중히 살아가기를 바랍니다.

삶은
시대와 문화가 변화지만
변하지 않은 진리에서
누리는 복된 삶이길 기도합니다.

생명 있음에 감사하며
은혜받은 자로서 최선을 다해
오늘의 삶을 감당해
나아가길 기도합니다.

행복과 의미

존재하는
모든 것
의미가 없는 것은
존재하지 않습니다.

사람은
창조주가
자기 형상대로
만들었다고 합니다,

창조주처럼
인간에게
특별한 것을
선물로 주었다는 것입니다.

사람은
나약하지만
위대한 존재로
거듭날 수 있다는 것입니다.

사람은
고난을 통해서
영광의 자리에
앉을 수 있다고 합니다.

사람은
넘어지고
흔들리고
주어진 길을 걸어갑니다.

사람은
불안과 두려움을 극복하고
당당함으로
무엇이든지 할 수 있습니다.

사람은
끊임없는
새로운 소망을 향해
성장하며 살아가는 것입니다.

사람은
감사와 은혜의 영역에서
기쁨과 행복의 길이
지속적인 성장입니다.

생명 있음에 감사하며
은혜받은 자로서 최선을 다해
오늘의 삶을 감당해
나아가길 기도합니다.

행복과 소망

소망을
가지고 살아간다는 것은
오늘 삶에 대하여
책임을 지는 것입니다.

소망을
가지고 살아간다는 것은
어렵고 힘든 길에도
버티고 견디며 걸어가는 것입니다.

소망을
가지고 살아간다는 것은
넘어지고 흔들리지만
버티고 견디며 걸어가는 것입니다.

소망을
가지고 살아간다는 것은
혼자가 아니라
동행한다는 것입니다.

소망을
가지고 살아간다는 것은
내 생각과 뜻을 내려 놓고
창조주의 계획을 신뢰하는 것입니다.

소망을
가지고 살아간다는 것은
완벽하지 않아서
성장, 성숙, 변화하는 것입니다.

소망을
가지고 살아간다는 것은
부지런히 가르치고
행동하고 개선하는 것입니다.

소망을
가지고 살아간다는 것은
항상 기뻐하며
쉬지 말고 기도하며
범사에 감사하는 것입니다.

소망을
가지고 살아간다는 것은
약하고 소외된 자를
품을 수 있는 마음이 있습니다.

소망을
가지고 살아간다는 것은
필요한 것을
발견하고 실행하는 것입니다.

소망을
가지고 살아간다는 것은
생각하면서
행동을 수정하며 계속 가는 것입니다.

생명 있음에 감사하며
은혜받은 자로서 최선을 다해
오늘의 삶을 감당해
나아가길 기도합니다.

행복과 찬송

삶에
어려움과 괴로움이
포기보다는
찬송이 되기를 바랍니다.

삶에
최악의 상황에서
절망보다는
희망이 되기를 바랍니다.

삶에
자비와 친절로
용서하는 삶으로
긍휼과 관용이 되기를 바랍니다.

삶에
아픔과 고난과 상처가
열정이 주는 축복으로
감사의 제목이 되기를 바랍니다.

삶에
포기보다는
열심히 오늘을 살며
삶의 이유를 찾기 바랍니다.

삶에
생애는 시작과 끝이 있지만
소망은 영원하기를
감사는 영원하기를 바랍니다.

삶에
누구에게나
처음 가보는 길이기에
두려움과 불안을 이기고 가는 것입니다.

삶에
모든 것을
혼자 이룰 수 없기에
우리가 오늘도 꾸준히 찾아야 합니다.

생명 있음에 감사하며
은혜받은 자로서 최선을 다해
오늘의 삶을 감당해
나아가길 기도합니다.

행복과 앎

지금 알았던 것을
그때도 알았더라면
조금 더
믿음, 소망, 사랑 안에 있었을 텐데

지금 알았던 것을
그때도 알았더라면
조금 더
성실한 삶 안에 있었을 텐데

지금 알았던 것을
그때도 알았더라면
조금 더
헛되고 헛된 것을 찾지 않았을 텐데

지금 알았던 것을
그때도 알았더라면
조금 더
어두움과 두려움에 떨지 않았을 텐데

지금 알았던 것을
그때도 알았더라면
조금 더
마음의 양식을 위해 기도했을 텐데

지금 알았던 것을
그때도 알았더라면
조금 더
고난 가운데 소망으로 담대했을 텐데

지금 알았던 것을
그때도 알았더라면
조금 더
삶의 간절함이 감사가 되었을 텐데

지금 알았던 것을
그때도 알았더라면
조금 더
고통의 시간이 행복이라는 것을 알았을 텐데

지금 알았던 것을
그때도 알았더라면
조금 더
피하고 도망가고 싶은 순간이 감사인 것을 알았을 텐데

지금 알았던 것을
그때도 알았더라면
조금 더
지금이 과거이고 미래인 것을 알았을 텐데

행복과 사랑한다는 것은

사랑한다는 것은
삶에 간절함이
열정으로 표현되고
가능한 것에 대한 감사입니다.

사랑한다는 것은
쓸쓸함과 허전함을 이겨
친구 되고
영원한 기쁨을 누리는 것입니다.

사랑한다는 것은
마음과 몸이
하나 되어 불가능하다는 것을
계단을 올라가듯 꾸준히 올라가는 것이라 합니다.

사랑한다는 것은
갈망이
소망이 되고
이루는 과정입니다.

사랑한다는 것은
누구에게나 처음의 인생을
불행보다는
희망으로 달려가게 합니다.

사랑한다는 것은
자신의 운명이
나에게 있지 않고
창조주의 영역에 있을 때 더욱 안전한 것입니다.

사랑한다는 것은
연약하고 부족하여도
꾸준히
열정을 가지고 갑니다.

사랑한다는 것은
어두움에서
빛을 바라보고
달려가는 것입니다.

사랑한다는 것은
고난에서
영광을 바라보고
소망으로 가는 길입니다.

생명 있음에 감사하며
은혜받은 자로서 최선을 다해
오늘의 삶을 감당해
나아가길 기도합니다.

행복과 꿈

이른 새벽에
나의 여섯째 자녀가
태어난 꿈을 꾸었다.
양육의 부담감보다는
기뻐했고 행복했다.

펜데믹 시대에
급격한 변화는
삶을 두려움과 불안감의
공포가 삶으로 표출합니다.

삶의
주변 환경에 의하여
영향을 받고
소망하거나 낙담합니다.

삶의
판단과 정제는
소망이 없는
불안전한 사람이 하는 것입니다.

삶의
선조의 경험이 나의 기질로
전달되어 선조가 했던 것과 같이
발전, 성숙, 성장을 이루는 것입니다.

삶의
꿈을 매일
진행하거나 성취하거나
포기하며 살아가는 것입니다.

삶은
진정으로 행복의 길은
꿈 너머 꿈을 가지고
살아가는 것입니다.

경쟁 사회에서
승리하는 것에 초점을 맞추면
순간의 기쁨이며
타락 길로 들어가는 것입니다.

삶의
기쁨은
소망을 가지고 달려갈 때
행복의 영역으로 들어갑니다.

삶이
결핍 속에서만
기쁨과 행복으로
소망으로 들어갈 수 있습니다.

삶이
기다림이며
설레임이며
소망을 두고 달리는 기쁨입니다.

오해받고 억울한 일도 많고
잘못된 판정으로 분노하지만
성숙한다는 것은
앎의 과정입니다.

삶이
멀리서 볼 때 아름다운 것이며
가까이 볼 때 안아 줄 수 있는
사랑하는 행복한 삶이 되기를 바랍니다.

삶이
무엇보다도 뜨겁게 서로 사랑하고
상대의 허물을 덮을 수 있을 때 삶이
진정 행복한 삶입니다.

삶을 갈망한다면
사랑, 믿음, 소망 가운데
몸과 마음으로 경험하는 과정의 삶이
성장, 성숙, 변화의 진정성이 있는
삶의 태도라고 생각합니다.

오늘 하루가 기다려지고
가슴이 뛰고 있을 때
우리는 풍성한 삶을
살고 있다는 증거를 보여 주고 있는 것입니다.

생명 있음에 감사하며
은혜받은 자로서 최선을 다해
오늘의 삶을 감당해
나아가길 기도합니다.

행복과 행동

삶이란
움직임입니다.

삶이란
항상 선택을 요구합니다.

삶이란
생각의 선택과 행동의 결과물입니다.

삶이란
공부하는 것은
정확한 행동 방향을 찾기 위함입니다.

삶이란
걱정이나 염려는
아무리 많이 해도 쓸모가 없습니다.

삶이란
감사와 소망을 가지고
나아갈 때 행복한 삶이 됩니다.

생명 있음에 감사하며
은혜받은 자로서 최선을 다해
오늘의 삶을 감당해
나아가길 기도합니다.

행복과 믿음

기도하면
염려가 사라집니다.

염려가 있기에
기도가 필요한 것입니다.

감사는
기도의 시작입니다.

오늘의 고난은
내일의 감사가 됩니다.

실행 고난을 통과하면
영광의 자리에 올라갈 수 있습니다.

삶은 생각보다
움직임의 결과물입니다.

생명 있음에 감사하며
은혜받은 자로서 최선을 다해
오늘의 삶을 감당하기를
기도합니다.

행복과 감사

모든 삶의
시작은 감사에서
출발하는 것입니다.

사랑은
조건이 없고
포기가 없는 것입니다.

사랑은
창조부터 지금까지
쉬지 않고 이어지고 있습니다.

사랑은
이해한다는 것과
앎의 지식이 아닙니다.

역사가 있다는 것은
기쁨, 감사, 충만, 빛 속에
있는 것입니다.

사랑은
거룩한 것이며 흠이 없기에
은혜이며 영광이기에 찬송이 되는 것입니다.

감사가 없으면
초조하고 불안하며
부정적이며 걱정 근심만 있습니다.

감사의 영역은
사망이 아닌 생명으로
살아가는 것입니다.

감사는
불안이나 비명이나
좌절의 죄 속에 없습니다.

감사는
빛과 생명의 진리 속에서
행복이 시작되는 것입니다.

생명 있음에 감사하며
은혜받은 자로서 최선을 다해
오늘의 삶을 감당하기를
기도합니다.

행복과 누구에게나

삶은 누구에게나
어렵고 힘들고
억울하고 기대와 희망보다
고난의 자리에서 살아갑니다.

삶은 누구에게나
부와 권력이
영원한 만족과 평화를
주지 않는 것을 알면서
최선이라며 달려갑니다.

삶은 누구에게나
자격이나 조건으로
기쁨과 행복의
조건이나 기대와 소망이 아닙니다.

삶은 누구에게나
원망과 낙심이나
고난과 원망에서
자유로울 수 없습니다.

삶은 누구에게나
자책이나 환경이나
능력의 차원이 아닌
넘어선 가치를 찾아야 행복할 수 있습니다.

삶은 누구에게나
자각이나 성찰이나
조건이나 특권이 아니라
절망과 희망을 매일 반복하며
살아가는 것이기 때문입니다.

삶은 누구에게나
수고하고 무거운 짐을 지고 살지만
감사 속에서 시작되는 것이
평화와 안식과 쉼입니다.

삶은 누구에게나
습관적인 불평과 불만은
절망과 포기를 만들기에
기대와 희망의 자리가 없는 것입니다.

삶은 누구에게나
어렵고 힘든 길은 가지만
힘들고 불안하고 두려워도
버티고 버티면 그 속에서
성장, 성숙, 변화가 만들어집니다.

삶은 누구에게나
어두움 속에서
어디 한 곳도 기댈 수 없지만
그 속에서 인생의 참된 가치를 알기에
과거보다 오늘을 좀 더 성실하게 살아가는 것입니다.

삶은 누구에게나
믿음, 소망, 사랑의 시작은
살아 있어서 무엇이든 할 수 있고
감사로 시작하기에 기대와 희망이 있습니다.

생명 있음에 감사하며
은혜받은 자로서 최선을 다해
오늘의 삶에 승리하기를
기도합니다.